JN252750

狐の婿取り

―神様、さらわれるの巻―

CROSS NOVELS

松幸かほ

NOVEL:Kaho Matsuyuki

みずかねりょう

ILLUST:Ryou Mizukane

CROSS NOVELS

香坂涼聖《こうさかりょうせい》

診療所の医師。琥珀と陽と共に暮らす、かなり幸せな男。琥珀とイチャイチャする時間が減ったのが悩みの種。

陽《はる》

ちび狐。妖力を持って生まれたため、琥珀に預けられることに。食べることが大好きな育ち盛り❤

琥珀《こはく》

神社の神様。かつては八本の尻尾を持っていたが、現在は三本。涼聖の愛情により、妖力は安定している。ツンデレである。

Kaho Matsuyuki Presents

Characters

伽羅《きゃら》

間狐。幼い頃に琥珀と出会い、心酔。彼を追って香坂家に転がり込む。最近は多少空気を読むように。

白狐《びゃっこ》

京都にある本宮の主。九尾の白い狐の姿をしている。主らしからぬ、現代語を使うこともしばしば……。

月草《つきくさ》

大きな神社の祭神。美しく教養もあるが、陽に一目惚れをしており、萌え心が抑えられない様子。

阿雅多《あがた》&浄吽《じょううん》

狛犬兄弟。兄・阿雅多は落ち着きがなく、少々乱暴。弟・浄吽は大人しく見えて内心はしたたか。

CONTENTS

CROSS NOVELS

CONTENTS

狐の婿取り

神様、さらわれるの巻

Presented by
Kaho Matsuyuki
with
Ryou Mizukane

Illust
みずかねりょう

松幸かほ

CROSS NOVELS

1

「はい、陽《はる》の髪もちゃんと乾いたぞー」

手にしたドライヤーを止め、涼聖《りょうせい》が言うと、胡坐《あぐら》をかいた涼聖の足の間にちょこんと大人しく座ってされるがままになり髪を乾かされていた陽は立ち上がる。

「りょうせいさん、ありがとう」

「どういたしまして」

きちんと礼を言う陽の頭を撫《な》でてやりながら返すと、陽は嬉しそうに微笑む。

秋の終わりというよりは、冬のはじめと言ったほうがしっくりと来る季節。

山間《やまあい》にある集落から少し離れたもっと山手にある香坂《こうさか》家でも、ゆっくりと一日が終わろうとしていた。

「では陽、眠るか」

風呂上がりに、陽より先に髪を乾かしてもらっていた琥珀《こはく》が陽に声をかける。

「うん、りょうせいさん、おやすみなさい」

ぺこりと頭を下げる陽に、

「ああ、おやすみ」

涼聖は優しく微笑みかけて挨拶を返し、琥珀とともに居間の隣にある陽の部屋へ二人が入っていくのを見送る。

一見、年の離れた兄弟たちが住まう家のようにも見える香坂家だが、実際は違う。

この家の住人のうち、人間は一人。

集落の診療所で医師をしている涼聖だけで、琥珀と陽は稲荷《いなり》神と、稲荷神候補。つまり狐である。

それだけではなく、陽の部屋のカラーボックスの一番下の段には座敷童子のなりかけで、十五センチほどの大きさのシロが居を構えているし、居間の金魚鉢にはタツノオトシゴの姿でたいていの場合眠っている龍神《りゅうじん》がいる。

住人と呼べるのは以上五人——人、という数え方はいかがなものかとも思うが——だが、しょっちゅうやってくる七尾の稲荷やら、烏天狗《からすてんぐ》兄弟、そして陽に会いにやってくる女神などがいて、その手の人が視《み》たら新手のパワースポットになっているかもしれない勢いである。

それでも香坂家の一日というのは、基本的に一般家庭と大差なく平凡だと涼聖は思っている。

平凡で、穏やかな一日。

それが実は何よりも大事なのだということを、涼聖はこちらに来て琥珀たちと暮らし始めてから頭ではなく、心で理解することができた。

その穏やかな一日が、今日も終わろうとしている。

「さて、俺も風呂に入ってくるか」

ドライヤーのコードを綺麗《きれい》に巻いて籠《かご》に戻し、涼聖は立ち上がると風呂へと向かった。

「助けたカメの背中に乗り、浦島太郎《うらしまたろう》は竜宮城《りゅうぐうじょう》へと向かいました……」

布団の中、陽は琥珀に添い寝で絵本を読んでもらっていた。

「こはくさま」

「いかがした？」

黙って昔話に耳を傾けていた陽が不意に問うように名前を呼び、琥珀は絵本を読むのをやめ、視線を向けた。

「きゃらさん、あしたはくる？」

かつて琥珀の祠《ほこら》があった場所に、琥珀の手伝いをするために新たに勧請《かんじょう》されてきた七尾の稲荷である伽羅《きゃら》は、自分の家を持った今も一日の大半をこの香坂家で過ごす。

最初の動機こそ、慕っている琥珀と少しでも長くいるためだったが、今ではそうするのが当たり前のように毎朝やってきて、診療所に向かう三人を見送り、自分の領地である山の様子に気を配りつつ、家事をこなし、夜に帰ってくる三人を出迎えてくれる。

その流れで陽をお風呂に入れ、添い寝で読み聞かせまでこなして帰ることも多い。

その伽羅は、今日、三人の帰りを待たずに祠《ほこら》に帰っていた。

無論、黙ってのことではなく、朝、やってきた時点で昼過ぎに祠に帰ります、と話していたので予定通りの行動ではあるのだが、大体いつもいる伽羅の不在が気になったようだ。

「ああ。今日は用事があったゆえ」

「きゃらさん、いそがしいの？」

「冬籠り前の山は、いろいろと忙しいゆえな。動物たちの陳情もあろう」

今、伽羅が治めている領地は、かつて琥珀が治めていた場所でもある。

かつては八尾を有していた琥珀だが、今は三尾。以前と同じように領地を治めるには力が足りず、それを手伝うためにやってきたのが伽羅だ。

そのため、この時季の山の忙しさは琥珀もよく知っている。

「あしたは、いそがしいの、だいじょうぶなの？」

「伽羅殿は優秀な稲荷だからな。一日あればたいていの問題は片づけられる。伽羅殿に何か用があるのか？」

「あした、おやすみでしょう？　きゃらさんが、おひるごはんはおにわでバーベキューしようっていってたの」

おいしいものが大好きな育ち盛りの陽らしい言葉だった。

「そうであったか。明日、伽羅殿はちゃんとおいでになるから安心しなさい」

その言葉に陽が頷くのを見て、琥珀は絵本の続きを読み始める。

「竜宮城に到着すると、浦島太郎をとても美しい姫君が迎えました」

琥珀が読んでくれる続きに陽は耳を傾ける。

二人で山の上の祠にいた時も、陽はこんなふうに琥珀により添って眠った。

琥珀が聞かせてくれたのは、絵本の話ではなく、まだ山の集落に人がいた頃の話だったが、みんなが楽しそうにお祭りに来ている話が陽はとても好きだった。

どんなに祠の外が酷い嵐で、唸《うな》るような音を立てて山の木々が震えても、琥珀と一緒にいると温かくて安心できた。

――こはくさま、だいすき……。

陽の「大好き」はたくさんあって、どれか一つなんて選ぶことはできないが、その中でも琥珀は特別だ。

物語はタイやヒラメが舞踊りをしているところに差し掛かっていたが、陽の頭の中ではそこに、伊勢海老《いせえび》にタラバガニまでが参戦して、やんや、やんやと宴を繰り広げている。

楽しいね、と隣を見ると琥珀がいて、琥珀は微笑んで頷いてくれた。

――こはくさま、たのしそうでよかった……。

「……陽」

浦島太郎を読み終えた琥珀は、眠ってしまった陽の寝顔をじっと見つめる。

途中でまったく反応がなくなったので寝たのは分かっていたが、ぐっすり寝入るのを待つために絵本は最後まで読んだ。どうやらいい夢を見ているらしく、幸せそうな寝顔だ。

その様子を見ていると、心の奥底のほうから静かに温かなものが湧き起るのを感じる。

稲荷としての力を徐々に失いつつあった頃、つい悲観しそうになる自分を救ってくれたのは陽の存在だった。

陽を独り立ちさせるまでは。

その思いだけで頑張れた時もある。

天真爛漫《てんしんらんまん》という言葉がぴったりな陽は、無邪気で、時には頑固で。

けれど、どんな時の陽も同じく愛しかった。

それは今も変わらない。

「おやすみ、陽」

密やかに声をかけ、琥珀はそっと静かに陽の布団から抜け出し、部屋をあとにした。

すっかり夢の中の陽の耳に琥珀の言葉は届いてはいなかったが、琥珀の声の代わりに、チリリーン、という鈴の音が聞こえていた。

それは遠くのほうで聞こえて、耳を澄ませていると少しずつ近づいてきた。

涼やかな音は風鈴のそれにも似ていて、とても綺麗だった。

その音が近づくのと同時に、誰のものか分からない、まったく聞き覚えのない声が聞こえてきた。

『そこにおいでてしたか』

『見つけ申した、見つけ申した』

――だれ？　――

陽は問いかけたが、姿は見えず、それに対する返事もなかった。

『嬉しや。若様、若様ここにおなり』

『若様、見つけ申した』

――わかさま？　だれのこと？　――

『口惜《くちお》しや』

　『まだ触れられぬ』

　　『じゃが、近々』

　　　『若様、いづれにか……』

チリリーン、と、またあの綺麗な音がして、その音とともに声も遠ざかり、やがて消えた。

ただ夢の中の話である。


陽の部屋を出た琥珀は、涼聖の部屋のベッドに腰を下ろし、特に熱心に読むでもなく、涼聖が置いていた雑誌を開いていた。

『今年のトレンドはコレ！　押さえておけば間違いナシコーデ！』

大きな文字で銘打たれた見開きページには、いろんなファッションに身を包んだモデルの写真が載っていたが、正直琥珀にはその違いがよく分からない。

正確に言えば、違う服を着ているのは分かるが、違う服を着ているな、と思う程度のことでその差異について思うところがないのだ。

「琥珀、来てたのか」

不意に部屋の扉が開き、この部屋の主である涼聖が姿を見せた。風呂上がりのため、下こそパジャマを身につけていたが、上半身は裸のままだ。

「夏でもないのに、そのような姿で。風邪をひくぞ」

琥珀は言いながら雑誌を閉じる。

「風呂から上がりたてで、まだ暑いんだよ。それにしても琥珀がそんな雑誌を読むなんて珍しいな。なんか気になる記事でもあったか？」

涼聖は言いながら、そっと琥珀の隣に腰を下ろす。

「いや、置いてあったので開いてみただけだ。涼聖殿こそ、このような雑誌を買うとは珍しいのではないか？」

基本的に涼聖が買うのは医学雑誌がほとんどで、それ以外では診療所の待合室に置く閲覧用の週刊誌くらいだ。

週刊誌は買ってくると——集落には書店がないので、毎週漫画雑誌を買いに街へ行く孝太《こうた》についでに一揃い買ってきてもらっている——よほど目を引く記事がなければそのまま待合室のマガジンラックに置いてしまうので、こういう雑誌が家にあること自体が珍しい。

「ああ、俺の高校の時の友達が載ってるんだ。それで買った」

涼聖はそう言うと琥珀の手から雑誌を取り、そのページを開いた。

都心から一泊二日程度で気軽に行ける旅先として紹介されていた地方のページだ。

「このパン屋のオーナーが友達。実家がパン屋で、高校の時は家業を継ぐのなんかまっぴらだって言ってたんだけどな」

「継がれたのか」

「同じ職業に就いたっていうのが正しいかもしれない。実家の店はまだ親父さんが切り盛りしてて、こいつは地方でこの店出してる」

「一国一城《いっこくいちじょう》の主になられたわけか」

「そういうことだ」

涼聖は言いながら雑誌を閉じる。

「で、こうやって部屋で待ってくれてたってことは、期待していいんだよな?」

休みの前の夜は、恋人としての夜を過ごす、というのが涼聖との間の暗黙の了解のようなものだ。

もちろん毎回判で押したようにというわけではなく、涼聖が急患で出かけてしまうこともあるし、琥珀が陽を寝かしつけてそのまま寝落ちしてしまうこともある。それに、何となくそういう雰囲気にならず、ただ添い寝だけで終わることも、ごく稀にはある。

「なぜ、いちいち問う……」

琥珀は少し頬を赤くして、涼聖を睨む。

もう、恋人という関係になって長いのに、琥珀は基本的にこの手の雰囲気が苦手だ。

嫌というわけではなく、どうしても恥ずかしさが先に立つらしいのだが、その様子がまた可愛いと涼聖は思っている。

「通過儀礼みたいなもんだ」

涼聖は笑って言うと、そっと顔を近づけてくる。

唇が重なり、それと同時に涼聖の手が琥珀の纏《まと》う浴衣の合わせ目から胸へと伸ばされた。

そして薄い胸の上で存在を主張する突起に触れる。

「……っ…」

琥珀の漏らした小さな声は、口づけに阻まれたが、涼聖は柔らかく触れるように指先で突起を弄ぶ。

「ん…っ…あ、あ」

喘《あえ》いだ拍子に唇が離れ、ささやかながら甘い声が響く。それを恥ずかしいと思う間もなく、涼聖の指が尖り始めた突起を指でキュッとつまんだ。

「ぁあっ、あ……っ」

喘ぐ間にも、涼聖のもう片方の手が琥珀の浴衣の帯をほどき、大きく前を開く。

ひんやりとした空気が素肌に触れて、肌が粟立った。

「……悪い、寒かったな」

涼聖は言うと、リモコンでエアコンの温度を上げる。その間も、片方の指先は乳首を弄ぶのをやめず、琥珀は口に手を押し当てて、上がりそうになる声を堪える。

琥珀は必ずこうやって声を抑えようとするのだが、成功したためしがない。琥珀自身、それは分かっているのだが、そうせずにはいられないのだ。

その琥珀の様子を、涼聖は可愛くて仕方がないとでもいったふうに見つめてから、そっと唇を指で弄んでいるのとは反対側の突起へと押し当てた。

「……っ！　…ぁ」

すぐに舌が這わされて、転がすようにされる。やわやわとした愛撫《あいぶ》とは対照的に指で捉えられている側は強めにつまみあげられ、異なる感触に琥珀はどう対応していいか分からなかった。

「や…っ…あ、ああ」

声は抑えるどころか、どんどん濡《ぬ》れたものになってしまう。

それも、薄っぺたな胸を弄られて快感を得ているからだと思うと、自分が酷く淫らな生き物になってしまったような気がして、琥珀は涼聖の頭を引き放そうと、手を伸ばした。

「も…、やめ……っ…ぁ、あ」

だが伸ばした手は、涼聖の髪に指を差し入れることができただけで、力などほとんど入らなかった。

なぜなら、涼聖は捉えた乳首を指先では押しつぶし、口に含んだ側は強く吸い上げて、さらにもう片方の手を下肢へと伸ばしてきたからだ。

「や…っ…ぁ、あっあ、あ！」

下着越しに反応を見せている琥珀自身を捉え、揉みあげる。

その間も乳首への愛撫は止むことがなく、琥珀は涼聖から与えられる刺激に体を震わせ、声を上げた。

そのうち、下着がぬるりと滑る感触がしてきて、自身が先走りを零し始めるのを感じる。

だが、もうその頃には三ヶ所から湧き起こる悦楽に翻弄されて、それを気にする余裕もなくなっていた。

「ぁ、あ…あ、…っ……」

声を抑えようとしていたことなど、すっかり琥珀が忘れる頃、散々胸を弄んでいた涼聖が顔を上げる。

胸への直接的な愛撫が止んで琥珀はほんの少し安堵するが、体はまだ受けた刺激への余韻で震えていた。

その琥珀の腰を涼聖は抱えるようにして持ちあげると、下着を引き下ろした。

先走りで濡れたそこが涼聖の眼前に晒されるのを感じて、琥珀はいたたまれない気持ちになるが、それはわずかの間のことで、涼聖の手が直接自身を捕らえて嬲《なぶ》り始めると、まともな思考など保てなくなった。

「ふ…っ…あ、あっあ」

グチュ、クチュ……と濡れた音を響かせながら指が動く。そのたびに琥珀の体を悦楽が走り抜けた。

「可愛い……」

喉を反らして喘ぐ琥珀の耳に囁いて、涼聖は舌を差し込む。

まるで頭の中を直接舐められているような生々しい音に琥珀は体を竦ませた。

そのまま次は甘く耳に歯を立てながら、自身をしごき立てられて、琥珀の背筋を強い寒気にも似た快感が走り抜け、狐耳と尻尾が出てしまった。

「おまえ、やっぱり耳弱いよな……」

息を吹き込むようにして囁《ささや》く涼聖を、琥珀は涙目で睨んだ。

「…いちいち…言うな……」

「しょうがないだろ、おまえが可愛くて仕方がねぇんだから。あと、そんな潤んだ目で睨んでも逆効果だ」

涼聖の言葉に琥珀は反論しようとしたが、その前に口づけで唇を塞がれてしまう。

それと同時にまた自身を嬲られて、つこうとした悪態は喘ぎになり、その喘ぎも口づけに阻まれていた。

「……っ…む…、んん…っ、ん」

口づけを続けながら、涼聖はどんどん琥珀自身を煽っていく。

そしてとろとろと溢れる蜜を指にたっぷりとまぶすように塗りつけると、そのまま指を後ろへと伸ばし、窄《すぼ》まっている蕾へと押し当てた。

その先を、与えられる悦楽を知っている琥珀のそこは、まるで期待するように蠢《うごめ》いて押し当てられているだけの指を呑みこもうとしてしまう。

そんな己のあさましさを恥じながらも、どうすることも琥珀にはできなかった。

やがて、涼聖の指が中へと入りこんでくる。

琥珀の体を知りつくしている指は、まっすぐに琥珀の弱い場所へと向かい、そこを優しく撫《な》で始めた。

「っ…あ…、あ…、ぅ……」

琥珀の喘ぎを聞くためか、涼聖は唇を離す。

一瞬、琥珀は唇を噛《か》もうとしたが、中の指が強くそこを押し上げて、琥珀の唇からは甲高い声が上がった。

「ぁあっ、あ、あ……っ！」

喘ぐ琥珀の様子を見つめながら、涼聖はその場所を繰り返し嬲った。そのたびにそこから体が溶けていくような錯覚を琥珀は覚える。

そのうち、指が二本に増やされ、今度は弱い場所を中心に抽挿《ちゅうそう》を繰り返し始めた。

「ぁっ、あっ……、は、ぅ……ん、う…っく」

内壁をズリズリと擦りあげては、弱い場所をくすぐるように指先を曲げる。

そのたびに体はひくっと震えて、唇がわななくように震えて喘ぎを零す。

「そこ……ばかり…、やめ、ろ……」

強すぎる刺激に琥珀が何とか言葉を紡いで制止しようとするが、

「ここ、好きだろう？　指で、一度イっておくか？」

涼聖はどこか人の悪い笑みを浮かべて聞いてきた。

「い…らない…、やめ…涼聖殿…っ、嫌だ…待て、待…っ……」

否を告げているのに、涼聖の指は弱い場所をそれまで以上に強い動きで嬲った。

「ぁあああっ、あっ、ダメだ…あっ、あ、あ！」

不意に指が三本に増やされ、隙間ができたのか指が動くたびに、グブッグボッと、空気を含んだような淫らな音が響いてきた。

「やめ……、あっ、あ、あっああ！」

涼聖の手の動きに合わせるように琥珀の腰が小刻みに震える。

クチュクチュ、グチュヌチュッと淫らな音を立てて出入りする三本の指に翻弄されて、琥珀は背中をしならせた。

「ダメ……だ、もう…っ…あ、あ、い…っ…ぁ、あ、あ！」

ガクガクと腰を痙攣させる琥珀の体が、中に埋められた涼聖の指にひときわ強く弱い場所を穿たれた瞬間、大きく震えるのと同時に指を強く締めつけた。

「ぁ…あ、っ……あああっ」

中だけでの絶頂に、琥珀の体は何度も繰り返し震える。

そしてその震えが止まるのを待たず、涼聖は指を引き抜くと、琥珀の足を掴み、大きく広げさせた。

「——っ……！」

まだ絶頂の中にいる琥珀だが、涼聖がしようとしていることに気づいて焦る。

「待っ…まだ……」

「悪い、ホント悪い」

涼聖は謝罪の言葉を口にするが、待つつもりはまったくないらしく、身につけていたパジャマのズボンを下着ごと引き下ろすと、既に猛りきっている自身の先端をヒクついている琥珀の後ろに押し当てた。

「ゃ……あ、あ、あ」

グプッと肉の輪を押し開いて涼聖が入り込んでくる。

達した余韻がまだまだ濃く残っている今の琥珀には、その感触だけでもつらいほどの愉悦を生んだ。

「今…は……っ、あ、あ」

「うん、イったばっかでつらいってのは分かる。けど、ホント悪いな」

涼聖は言うとそのまま自身をずるずると埋めてきた。

「ああっ、あ、擦れっ、あっあ」

肉襞を擦りながら入り込んでくる。

それがたまらなく気持ちよくて、小さな絶頂の波が何度も押し寄せてきた。

「あ……っ、あ、あ」

「イったままだな……中、すごい動いて気持ちいい…」

涼聖の声もどこか余裕のないもので、琥珀の腰を両手でしっかりと摑むと、そのまま強く腰を押しつけた。

ジュヌッという淫らな音とともに、涼聖が根本まで一気に埋められた。

「あ、あぁっ、あ、ああ！」

入り込んだそれを琥珀の中は嬉々として受け入れ、強く締めつける。

その締めつけを楽しむように涼聖は腰を回して最奥を捏ねる。

「あっ、あ…、あ……っ…」

蕩けた顔で喘ぐだけになった琥珀の姿を見下ろしながら、涼聖は打ちつけるような動きで琥珀の中を穿《うが》った。

そのたびに琥珀は達して、自身からは白い蜜をずっと垂らしっぱなしだ。

「イイか?」

問う言葉の意味を、もうちゃんとは理解していない様子で、琥珀は頷く。

「い…ぃ……、あ、あ！　あっ」

甘く蕩けきった声で啼く琥珀の中を、涼聖は一度ギリギリまで引いて、浅い場所で挿入を繰り返す。

そうされると、今まで開かれていた奥が、刺激を欲しがってきゅうっと強く窄まった。それを見計らったように、涼聖が再び最奥まで入り込んだ。

「ああっ、あ！　あ……っ…！」

「出す、ぞ」

言葉とともに、体の中で涼聖がビクリと震え、琥珀の中が熱で満たされる。

「あ……ぁ、あ…あ」

断続的に中に浴びせかけられる飛沫《ひまつ》の感触さえ気持ちがよくて、琥珀は無意識に中を穿つ熱塊を強く締めつけて感じきる。

「――ぁ、あ」

体の奥底で渦巻く何かが、形を作ろうとする。

そんな錯覚にも似た感覚を味わいながら、琥珀は強すぎる悦楽に意識を飛ばした。

「琥珀……？　あ…さすがにトんじまったか…」

多少無理をした自覚のある涼聖は呟いたあと、苦笑し、それからゆっくりとつながりを解かないままで琥珀の体を抱きしめて、横寝の姿勢になる。

「……目が覚めたら、もう一回…ってのは無理かな……」

うまく持っていけば、何とかなるような気もして、とりあえず琥珀の中に入ったまま、琥珀が意識を取り戻すのを待つことに決めて、腰を抱きかかえる。

その時、触れた琥珀の尻尾がいつもと何か違う気がした。

「ん……？」

それを確認しようと動いた時、その刺激で琥珀が目を覚まし――涼聖は「何か違う」のかどうかを確認するのは、あと回しにして、琥珀を何とか説得して、続きに持っていくための交渉に全力を注いだのだった。

◇◆◇

「おはようございまーす」

翌朝早く――といってもいつも通りの時間だが――やってきた伽羅は、居間で朝食の準備をしている琥珀を見てはっとした顔になった。

「……琥珀殿、尻尾が…」

その言葉に、琥珀は少し間をおいて頷いた。

早朝で、この家を訪れる「人」が滅多にないこともあり、琥珀は寝起きで出たままになっていた耳と尻尾をそのままにしていたのだが、琥珀の立派な太さの三本の尻尾により添うように、紐《ひも》のように細い四本目が生えてきていた。

昨夜感じた微妙な異変は、どうやら気のせいではなかったようだ。

「伽羅、おまえ今日バーベキューするんだろ?」

そこに、朝食用の卵焼きを持ってきた涼聖が、このあとの段取りを聞くために声をかけたのだが、

「ああ……、なんだろ、この感じ……」

伽羅は困惑した様子で両手で頭を抱えた。

元は八尾を有していた琥珀が、流行病《はやりやまい》から自領内の民を守るために、尾の数を大きく減らし、

その後、過疎化による信仰者の激減などを経て、尾の数は二本半にまで落ち込んでいた。

涼聖と恋仲になり、安定して「気」を得ることができるようになって、三尾となったわけだが、今回、やっと四本目が生えてきたのだ。

それは喜ぶべきこと以外の何ものでもないと理解している。しかし、

「分かってるんです、分かってるんですよ、お二人がそういう関係だってことは！　でも、なんていうか、中学生くらいになって、両親から『今度おまえに弟か妹できるぞ』って報告されて、素直に喜べない思春期の感情っていうか！」

伽羅は頭を抱えたまま、悶えた。

「いや、おまえ二百歳近いだろ」

涼聖は冷静に突っ込んだが、

「そういうんじゃないです！」

伽羅は涙目で訴えた。その声に、

「朝からうるさい」

一喝したのは金魚鉢の中でスヤスヤ眠っていた龍神だ。

起きる時間に近いとはいえ、いつもであればみんなが和気あいあいと朝食を食べている気配を感じつつ穏やかに目覚めるのだが、いきなり騒音まがいの伽羅の悲鳴じみた声で起こされて、ご機嫌斜めモードである。

「龍神殿、お目覚めになられたか」

琥珀が龍神に声をかけた時、陽の部屋の襖が開き、まだ半分寝ぼけ眼の陽が、肩にシロを乗せて出てきた。

「こはくさま、りょうせいさん、きゃらさん、おはようございます」

朝の挨拶をシロと一緒にしたあと、琥珀を見た陽は四本目の尻尾にすぐ気づき、目を見開いた。

「こはくさま、あたらしいしっぽ！」

笑顔で駆け寄り、琥珀の四本目の尻尾にそっと触れる。

「こはくどの、おめでとうございます」

シロが祝いを述べる。

そんな陽とシロの様子を見やってから、

「これが正しい喜び方だぞ？」

と、涼聖は伽羅を見る。

「俺だって喜んでますって！」

伽羅は即座に反論したが、そのまま論争が長くなりそうなところで、すっかり目が覚めてしまった龍神が金魚鉢から飛び出し、美しく一回転を決めながら人の姿でストンと着地を決め、

「まずは朝餉《あさげ》にせぬか」

その一言で、場をまとめた。

「龍神も食べるのか」

涼聖が問うと、龍神は頷きながら部屋の隅に積んである座布団を一枚取り、

「目がすっかり覚めてしまったのでな」

そう言って、ちゃぶ台周りの空いたスペースに座布団を置いて腰を下ろした。

普段、龍神は食事をしない。

というか、涼聖以外は琥珀も陽も伽羅も、そしてシロも食事を必要とはしない存在だ。

だが、「おいしいものを食べること」は彼らも好きで、龍神は自分の好みのものがある時はこうして人の姿を取って食事をする。

それ以外の四人は、もう半ば食事が習慣化してしまっているし、陽に至っては食事やお菓子がない、などということは考えられない状態になっている。

「じゃあ、りゅうじんさまのおちゃわんとおはし、とってくるね」

即座に陽が動く。

「すまぬな」

一応礼を言うが——気軽に礼を言うようになったことすら、龍神という存在にとっては実は珍しいのだが——、決して自分から動こうとしないあたりが彼らしい。

朝食の準備はすぐに整い、全員で揃《そろ》って「いただきます」をして食べ始める。

「陽ちゃん、昨夜は琥珀殿にどの絵本を読んでもらったんですかー?」

食事をしながら伽羅が陽に問う。

「えっとね、うらしまたろうのおはなし」

「乙姫《おとひめ》様には会えましたか？」

「うん。でも、そのあとわかんなくなっちゃった」

首を傾げる陽の姿を見ながら、

「そうだな。浦島殿が竜宮城をあとにされる頃には、陽は夢の中だったからな」

琥珀が情報を付け足す。

昼寝をしすぎたとか、かなり興奮しているとか、そういったよほどのことがなければ、陽は絵本の途中で寝落ちをする。

たいていは一冊目の終盤、そうでなくても二冊目の中盤には必ず寝落ちだ。

「じゃあ、陽ちゃん、昨夜もよく眠れましたか？」

いつも通りの就寝だったのを知った伽羅が問い、陽は頷いた。

「うん。ゆめをみたの」

「へぇ？　どんな夢ですか？」

「えっとね、みつけたーって、だれかいってたの」

その言葉に伽羅は少し首を傾げる。

「かくれんぼの夢ですか？」

再び問われて、陽は少し考えるが、

「んーっとね……、わすれちゃった」

えへへ、と笑顔で答える。

「そうですか、忘れちゃいましたかー」

「うん」

相変わらずの笑顔の陽に、朝食の時間は和やかに進んだ。

朝食後、診療所が休診日であるため、香坂家の面々は思い思いの過ごし方を始める。

涼聖は朝食の後片づけのあと、倉橋《くらはし》から借りた医学誌を読み始め、琥珀も本宮から借りている巻物を読み始めた。

伽羅は昼のバーベキューの段取りのため、残っている食材を確認し、陽とシロは庭の花壇の水やりと、龍神の金魚鉢の水替えだ。

「りゅうじんさま、きんぎょばちのおみずきれいにしたよ」

陽がそう言って井戸水を新しくした金魚鉢をちゃぶ台の上に置く。

人の姿のまま、涼聖のパソコンでお気に入りの子供向けアニメ『魔法少年モンスーン』のDVDを見ていた龍神は、

「うむ」

と鷹揚《おうよう》に返事をしたあと、しばし間を置いてから、

「久しぶりに、我の沢を見に行こうと思うが、陽、シロ、そなたらついてくるか？」

陽とシロに聞いた。というか、誘った。

言い方が多少偉そうなので誘っているようには聞こえないが、わざわざ指名して問うということは誘っているに他ならない。

「りゅうじんさまのいたところ？」

「そうだ。シゲル殿が取り払えるゴミはすべて取り払ってくれた様子でな。まあ、長年降り積もった泥などで我が戻ることのできる沢になるにはまだかかるが、状況は確認しておきたい」

シゲルというのは、伽羅を勧請した中堅企業の社長だ。

気のいい彼は、夢を通じて神様が――伽羅だが――お告げという名の願い事をすると、それを必ず叶えてくれる。

無論、こちらのしてほしいことをしてくれた礼は必ず伽羅がしていて、現在、彼の会社は業績が右肩上がりを絶賛継続中で、応援しているアイドルの抽選ライブにも八割の確率で当選している。

そういうご利益があるので、お告げを守ってくれるわけなのだが、伽羅にしてみれば、

『もうちょっと大きいことお願いしてくれても全然叶えられるんですけどねー。でもシゲルさん、奥ゆかしいから、お願い事がすごい地味で。でもそれが叶っただけでもめちゃくちゃ喜んでくれるんで、こっちも嬉しいんですけどー』

という感じらしい。

で、龍神が眠っていた間に不法投棄されたゴミで汚れてしまった沢も、シゲルがお告げを通じて綺麗に片づけてくれたのだ。

「いきたい…けど、きゃらさんのおてつだいもしようとおもってたの」

「バーベキューのじゅんびを、きゃらどのひとりにおまかせするのは、こころぐるしくおもっておいでで、われもびりょくながら、てつだいをとおもっていたのです」

戸惑う陽に、その肩に乗ったシロが言葉を添える。

食材の確認を終え、居間に戻ってきた伽羅はその言葉に、

「陽ちゃんもシロちゃんも、本当にいい子ですねー。大丈夫ですよ、今日はお休みですから涼聖殿に手伝ってもらいます。陽ちゃんとシロちゃんは、龍神殿のお供をしてあげてください」

笑顔で返してやると、陽は頷いて龍神を見た。

「じゃあ、りゅうじんさま、いこ！　でも、おひるごはんまでにもどってこられる？」

「ああ、無論そのつもりだ」

そのやりとりを聞いていた涼聖が、

「龍神、水入れたペットボトル、持っていっとけよ。一時期よりは元気になったっつっても、万が一ってことがあるからな」

龍神の体を心配して助言する。

「うむ、そうする」

沢の穢《けが》れにより、龍神はあまり水の外に長く出てはいられない状況が続いていた。

沢のゴミが取り除かれたとはいえ、目に見えぬ「穢れ」が祓《はら》われたわけではないため、人の姿を維持していられる時間は今も限られていて、沢への往復くらいなら持つかもしれないが、龍神も多少不安は抱えている様子だ。

「じゃあ、おみずのこうかんのときにつかってるペットボトルもっていくね！」

陽が笑顔で準備を始める。今日は使わなかったが、普段、金魚鉢の水を入れ替える時、まず上部を切り取ったペットボトルに水を入れて龍神を移動させてから、空になった金魚鉢を綺麗に洗って水を入れ替えているのだ。

「陽、そこに水を入れて行ったら運ぶのは大変になるゆえ、水は別のペットボトルに入れてカバンにしまって行くといい」

琥珀は言いながら立ち上がると、陽の部屋へと向かいカバンを見つくろい始める。その合間に伽羅は台所に行くと空の五〇〇ミリリットルのペットボトルを取り、外の井戸水を汲み入れる。

「……龍神、おまえの水だろ？　普通自分で準備するもんだぞ？」

やはり、どかっと座ったまま動こうとしない龍神に、涼聖は多少呆れた様子で言うが、

「我が動くより先に伽羅が動いたのだ。……あの者はよく働く」

と言う龍神の言葉も、あながち間違ってはいない。

とにかく伽羅は世話を焼くのが好きというか、フットワークが軽い。そのため、たいていのことは伽羅がやってしまうのだ。

そうこうするうちに琥珀と一緒にカバンを選んだ陽が戻ってきて、縁側で伽羅から水の入ったペットボトルを受け取り、水替えの時に使っているペットボトルと一緒にカバンにしまう。

「じゃあ、いってきまーす」

コートまでしっかり纏い――龍神は琥珀のコートを借り、シロは伽羅が以前、簡易的に薄手のフリースを切って作ったポンチョもどきを纏って――準備を整えた三人は沢へと出かけていった。

すると家には当然、琥珀、涼聖、伽羅の三人が残ることになる。

「バーベキューの準備は涼聖殿が手伝ってくれるから、もう少しあとでいいとして……」

居間に腰を落ち着けた伽羅は言いながら、琥珀の四本目の尻尾に目をやった。

「四本目が生えたと言っても、まだ安心できないですから……」

思案げな眼差しの伽羅に、涼聖は首を傾げた。

「そうなのか？」

「ああ。今はまだ定着しておらぬのでな。何かあればすぐに消える」

琥珀が静かに返した。

「え？　消える？」

尻尾が生えてくるシステムもよく分かっていない涼聖は困惑した。それに答えたのは伽羅だ。

「今、生えてきてるのは四本目の『兆《きざ》し』なんですよー」

「『兆し』？」

「そうです。新しい尻尾が生えるのって、簡単なことじゃないんです。摂取する気の質と量の両方が常に安定した状態が続いて、それの巡りが整ってようやく、この『兆し』が現れるんです。この『兆し』は脆くて、定着に最低一ヶ月はかかります。定着する前に何かあれば、消えちゃうんですよー」

「何かって、具体的に何だよ？」

真剣な顔で涼聖が問う。

「いろいろありますけど……穢れに侵される、とか、急激に妖力を使うような事態が起きてすぐに気を補充できなくなる状態になるとか……」

伽羅が説明するが、

「普通に生活をしている分には、何ら問題が起きることはない」

琥珀が言葉を添えた。

「そうなのか？」

「ああ」

「なんだ……心配になるようなこと言うなよ、伽羅」

涼聖は安堵した様子を見せるが、伽羅は眉根を寄せた。

「琥珀様はそう言いますけど、一番デリケートな時期なんですよ！　『兆し』の時期に精神的なショックを受けて消えちゃったって話もよくあるんですから」

「その時期さえ終われば、その後は太くなってくのか？」

「そうですけど、徐々に、です。琥珀殿が四尾でいらしたのは、もうずいぶんと前のことですから、取り戻すというよりも、新しい尻尾を育てるのと大差ない労力になると思います」

「そういや、前に琥珀の尻尾が減った時、失くしてすぐなら戻りが早いっつってたな。そんなに違うもんなのか？」

涼聖と出会った頃、琥珀の尻尾は通常の太さの尾が二本と、半分ほどの太さのものが一本の二本半といったところだった。

野犬に襲われた時にその半分の尻尾が消え、二本になってしまったが、幸い失ってすぐの時期に涼聖から気を与えられたため、簡単に取り戻すことができた。しかし、時間が経っていればそういうわけにもいかなかっただろう。

「全然違いますねー。まあ、大体一年とか二年以内なら元の尻尾の名残で『兆し』を必要とせずに生えてきますけど、それ以上になると『兆し』も必要ですし、失っていた時間が長いほど、その後の成長速度も違ってくるんです。琥珀殿のように百年ほど前の話となると、もう名残もないので、かなり時間がかかると思いますよー」

「リハビリは早いほうがいい、みたいなもんか」

伽羅の説明に、涼聖は自分の身近の範囲内で例えるならそういう感じかと思う。

「そういうことです。まあ、龍神殿とのあの騒ぎがなければ、もう少し早く四本目が生えてきたと思いますけどね……」

以前、琥珀は魂を引き裂かれ、命の危機に陥ったことがある。その頃のことは涼聖にとってもまだ思い出すだけでもつらい記憶だが、伽羅にしてもそれは同じようで、少し眉根を寄せた。

その様子に琥珀は、

「幸い、伽羅殿が来てくれたことで、山の気の改善速度は上がっているし、私自身の負担は比べ物にならないほど軽くなった。尾の成長は本宮にいるように、とはいかぬだろうが、気が遠くなるような長い話にはならぬだろう……。そなたのおかげだ」

優しい口調で伽羅を労う。

陽と同レベルで「琥珀大好きっ子（ただし、やや下心アリ）」な伽羅は、ときめいた表情で琥珀を見た。

「琥珀殿……」

「はいはい、ときめきタイムそこで終了」

無論、涼聖は即座にそう声をかけて、伽羅が感動のあまり琥珀に飛びつこうとしかねないのを止める。

「もう、なんでそう無粋なんですかー！」

「途中で止められるって分かっててやってるとこもちょっとはあるだろ？　様式美《ようしきび》ってやつだ」

さらりと涼聖は言ったあと、苦笑いしている琥珀に視線を向けた。

「おまえの尻尾は、これからもどんどん増えてくのか？」

「以前のような八尾に、というには、条件もいろいろとあるし、人の寿命のうちに、というのは難しいであろうが……五尾、うまくいけば六尾には」

つまり、涼聖が生きている間に、と限定すればということなのだろう。

「じゃあ、俺の頑張り次第ってとこもあんのか。よし、励むから、もっと早く増やそうな」

琥珀はその「頑張り」を最初、長生きするから、という意味で捉えたのだが、

「まだ午前中なんですよ！　なんでそうやって、しかも俺の目の前でシモ発言するんですかー！」

キレた伽羅により、涼聖の励む意味合いの正しい捉え方を知り、赤面したのだった。

◇◆◇

さて、琥珀の四本目が生えて数日後のことである。

朝、目を覚ました涼聖は朝食作りの前に、居間に向かった。

居間には、この時季、いつでも茶を飲めるようにお湯を入れたポットが置いてある。

その湯を交換するため、ポットを取りに向かったわけだが、廊下から襖戸を開けた瞬間、涼聖は固まった。

まだ明けて間もない朝の光で薄ぼんやりとした居間のちゃぶ台の前に置いた座布団の上に、ふぁっさー、と豪奢《ごうしゃ》に九本の白い尾を広げて座す狐がいた。

「久しいでおじゃるな、涼聖殿」

聞き覚えのある声と見覚えのある姿に、涼聖はとりあえず無言で襖戸を一度閉めた。

——落ち着け、俺。

胸のうちで言い聞かせ、一度深呼吸をして気持ちを落ち着かせて、再度襖戸を開ける。

するとそこには、やはり白狐《びゃっこ》が座っていた。

「……夢じゃなかったか…」

涼聖は肩を落とした。

いや、九尾の白狐と出会うなど、とんでもなく吉兆だろうと思う。

思うのだが、正直、

——これ、絶対なんか面倒くさいことになるヤツじゃん……。

というのが一番の感想だ。

とはいえ、本宮の長である白狐がなにゆえにここにいるのか、そちらのほうが問題だ。

「ご無沙汰しております…。あの、何か我が家に問題が？」

白狐の右腕である黒曜《こくよう》がやってきたのは、調査中に怪我を負ってのことで、もしかすると白狐も調査のために、とも思うが、それにしては落ち着いている気がする。

「いやいや、そういうわけではないでおじゃる」

白狐がそう言った時、琥珀の部屋の襖が開いた。

琥珀は目覚ましがなくとも決まった時刻に起きる。今が丁度その時刻なのだが、襖を開けた琥珀はそこに座している白狐を見て目を見開いた。

「……っ！　白狐様?!」

そう言ったきり、驚き過ぎた琥珀はしばらくの間言葉を発することができなかった。

2

「アポなしでなにしてんですか、もう！」

琥珀から白狐が来ていると心話で告げられた伽羅は、妖力を使って、連絡を受けてからものの数分で香坂家にやってきた。

そして、悠長に尻尾を揺らしてちゃぶ台の前に座している白狐にキレた。

しかし、白狐は、

「琥珀殿の尻尾が増えたと報告してきたではないか。その折、近々祝いをと伝えといたじゃろう。それゆえ、こうして来たまでのことでおじゃるが？」

しれっと返してくる。

「聞きましたけど！　まさか白狐様が来るなんて思うわけないでしょう？　普通、祝いの品だけ送ってくるとか、代理人が来るとか思うじゃないですか！」

伽羅がキレるのも理解はできるのだが、ここで妙に口を挟むと怪我をするなと、涼聖と琥珀はとりあえず成り行きを見守る。

その中、いつも起きる時刻よりも少し早く――おそらくはキレた伽羅の声で目が覚めたのだろう――陽が起きてきて、襖を開き、座している白狐を見るなり寝ぼけ眼をはっきりさせて、笑顔を見せた。

「びゃっこさま！　おしさしぶりです！」

そう言って、白狐に抱きつく。

「久しいでおじゃるな、陽。息災であったか？」

「そくさい？」

聞き慣れない言葉に首を傾げると、陽の肩にいたシロが即座に、

「げんきでしたか、ときいておられるのです」

と、陽に分かりやすい言葉に言い直す。それを受けて、陽は頷いた。

「うん！　げんきだったよ。びゃっこさまは？」

「我も元気でおじゃる。して、こちらの肩の御仁は……シロ殿でおじゃるかな？」

白狐に問われ、陽は頷いた。

「うん。おともだちのシロちゃん。シロちゃん、ほんぐうのびゃっこさまだよ」

陽が紹介すると、シロは陽の肩の上で器用に正座をし、

「はじめておめにかかります。シロともうします」

ぺこりと頭を下げる。

「頭を上げておじゃれ。噂にたがわず聡い御仁でおじゃるな」

目を細める白狐に、シロは少し照れたような顔をした。

その時、陽のおなかがぐぅ……っと鳴り、

「ああ、朝飯の準備しなきゃな」

成り行きを見守っていた涼聖はとりあえず立ち上がる。

涼聖の言った「朝飯」という言葉に反応したのは、陽だ。

「りょうせいさんのたまごやき、すごくおいしいの！　びゃっこさまもたべて！」

当然、これまでの来客時と同じように食事に誘った。

「ほう……、陽が勧めるとあればよほど美味なのじゃろうな。いただくとしよう」

無論、白狐も遠慮はしない、というか、むしろ興味津々だ。

「……お口に合うかどうか分かりませんが…」

涼聖は流れ上そう言ったあと、伽羅に視線を向けた。

「伽羅、味噌《みそ》汁頼めるか？」

「はーい……。白狐様、大人しく待っててくださいよ」

伽羅は言い置いて、涼聖とともに台所に向かった。

「陽は私と顔を洗いに行くぞ。白狐様、しばしお待ちください」

朝の支度をする間もなかった琥珀は陽を連れて居間を出る。

「こはくさま、びゃっこさま、なにかごようがあってきたの？」

洗った顔をタオルで拭きながら問う陽に、琥珀は首を傾げた。

「私の尻尾が増えた祝いに来てくださったとおっしゃっていたが……」

それだけが理由で本殿を留守にするとは思えない。

何か他にも用があると考えるのが妥当だろう。

「びゃっこさま、すぐかえっちゃうのかなー」

「どうであろうな。あとで聞いてみるとよい」

それに頷いた陽だったが、居間に戻ると既に朝食の準備が整っていて、白狐に問う間もなくすぐに朝食が始まった。

「うむ……まことに美味でおじゃるなぁ…。何切れでも食べられるでおじゃる」

狐姿のままながら、両手を器用に使って卵焼きを口にした白狐は、ご満悦といった様子を見せた。

「そうでしょう？　おいしくて、ボク、だいすきなの。あとね、りょうせいさんは、ホットケーキもじょうずなの」

陽はにこにこ笑顔で白狐に教える。

「ホットケーキ……聞いたことのない食べ物じゃな」

「あのね、あたたかくて、あまくて、ふわふわでね。えっとね、ワッフルにもにてるけど、ちょっとちがうの」

知っているスイーツの名前が出てきて、白狐は目を輝かせた。

「何、ワッフルとな」

甘味と言えば干菓子と決まっていた本宮において、陽がやってきた時にいろいろあって持ちこまれたワッフルは、衝撃的なおいしさだった。

その虜になった子狐たちが、また食べたい、と白狐に直訴するほどに。

そして、同じくワッフルの虜になっていた白狐は「子狐たちの希望をたまにであれば叶えてやってもよいのでは」と言いだし、以来、子狐の館では月に一度程度ワッフルがおやつとして出されるようになった。

無論、その日を狙って白狐も子狐たちに会いに行き、ワッフルを堪能している。

「ワッフルは、きゃらさんが、ときどきつくってくれるの。ワッフルようのフライパンがあるんだよ」

「とてもおいしいのです」

伽羅のワッフルを食べたことのあるシロが言葉を添えると、陽も「うん、ほんとうにおいしいの！」とシロと同調する。

それを聞いていた白狐は悩ましげな顔をした。

「うーむ……、涼聖殿のホットケーキと、伽羅のワッフルか……。どちらもおいしそうでおじゃるな」

真剣な様子を見せる白狐に、

「あー、俺、今日は仕事なんで、おやつにホットケーキっていうのは、ちょっと無理なんですけど」

涼聖は今日の予定を告げる。

「なんと、そうでおじゃったか……」

白狐は残念そうな声を出したが、

「まあ、そういうことであれば、ホットケーキは涼聖殿の休みの日に頼むとしよう」

などと言いだした。それを聞いて、

「休みの日にって、白狐様いつまでいる予定なんですか」

伽羅は即座にスケジュールを問いただした。その問いに、白狐はあっさりと返した。

「しばらく世話になる」

「しばらくって……」

「まあ、十日ほどかの」

その言葉には、伽羅だけではなく琥珀も絶句した。

本宮には優秀な稲荷が多くいるとはいえ、要《かなめ》は白狐だ。

その白狐が十日も本宮を離れるなど、尋常では考えられない事態だ。

「そんなに本宮を留守にされて、大丈夫なのですか」

心配して問う琥珀の声に、伽羅はハッとした顔になった。

「白狐様、まさか黙って出てきたんじゃ……」

白狐が本宮の長であることは間違いない。

皆からの尊崇《そんすう》を集める存在ではあるが、白狐自身の性格はわりと緩い。決めるところはきちんと決めるのだが、基本的には自由奔放だ。

それを思うと、「内緒で来ちゃった」と言いだしてもおかしくないのだ。

まさかと慌てる伽羅に、白狐は首を横に振った。

「いくら我でも、それはせぬでおじゃる。……したらあとでどれほど側近に叱られるか分からぬからなぁ……」

「いや、叱られなくてもしないでください。…って事は一応、許可は取って来てるんですね？」

伽羅が確認すると、白狐は頷いた。

「うむ。ここ数十年、休みらしい休みをとっておらなんだのでな。たまには我ものんびりしたいゆえ、休暇をもぎ取ってきたでおじゃる」

普段であれば、これほどまでに長く白狐が本宮を空けることは許されない。

だが、幸いにして、今は本宮に詰めることのできる九尾が二人いる。

一人は伽羅の師匠である漆黒の九尾の黒曜だ。

彼は普段、本宮の外での仕事が多いのだが、今しばらくは本宮を中心にできる仕事らしい。

もう一人は金毛九尾の才媛であり、別宮を指揮している玉響《たまゆら》だ。

別宮の長を務める彼女だが、現在本宮には彼女の息子である秋《あき》の波《は》がいる。秋の波はもともと五尾の稲荷で、琥珀の昔からの友人だったのだが、勧請された先で禍に巻き込まれ、野狐《やこ》化してしまった。野狐化からは救われたのだが、その時に魂を食い荒らされたため、今は子供に戻ってしまっているのだ。

「別宮は一日二日、わらわがおらずとも滞りなく進むようにしておりますし、本宮になんぞ問題が起きたほうが厄介ゆえ、わらわも本宮に参りましょう」

などともっともらしい理由を付けはしたが、溺愛《できあい》する秋の波の二度目の子供時代を愛でたいだけであることは明白だった。

「あの二人がいれば、我がおらずとも安泰であろうし、何かあってもすぐ戻ることはできるゆえ、案ずるには及ばぬでおじゃる」

白狐の言葉に、琥珀、涼聖、伽羅の三人は戸惑わずにはいられなかったが、陽とシロはにここと満開の笑顔だ。

「じゃあ、こんどのおやすみのひに、きゃらさんのピザ、みんなでたべよ！　りゅうじんさまもきゃらさんのピザ、だいすきなの。このまえのバーベキューのときも、みんなでたべたんだよ」

「おお、伽羅のピザの話は以前に聞いて以来、一度食してみたいと思っておったのじゃ。楽しみじゃなぁ」

白狐がそう言うのに、

「きゃらさんのピザはおいしいって、しゅうらくのおじいちゃんやおばあちゃんたちも、たのしみにしてるの。ときどき、たのまれて、ささきのおじいちゃんのところのピザがまでもピザをやくんだよ」

と、陽が言い、その時、こっそりと集落に連れて行ってもらい、様子を見ていたシロも、

「まるで、ほんもののピザしょくにんのようでした……」

感動した様子で言う。

「それは、ますます楽しみじゃ。頼むぞ、伽羅」

そこまで言われてしまえば「え、作りませんよ？」などとあしらえるわけもなく、伽羅のピザ作りは決定した。

「さて、朝飯も食ったし、診療所行く準備するか」

涼聖はそう言って腰を上げながら、

「陽、おまえはどうする？　白狐さんが来てくれてるから、家にいるか？」

問いかけた。

しばらく滞在するとはいえ、せっかく白狐が家にいるのだからそばにいさせたほうがいいのかと思ったのだ。

「でも、きょうはりょうせいさんのおうしんについてくやくそくしてたでしょ？　まつもとのおじいちゃんのところとか……」

陽は言うまでもなく、集落の「会いに行けるアイドル」である。しかし、会いに来られない者たちも集落には数名いる。

つまりは往診がメインの患者たちだ。

病状が理由で往診になる患者もいれば、診療所まで出向く手段がないため往診になる患者もいるが、彼らも一様に陽が時折往診についてくるのを楽しみにしているのだ。

「ああ、そうだったな」

「まつもとのおじいちゃん、おにわにでられるようになったから、いっしょにコイにエサをあげるの、だから……」

陽の言葉に、

「陽は人気者のようじゃなぁ。我はしばらく滞在するゆえ、いつでも遊べる。陽は約束を果たすがよいぞ」

白狐はにこやかに言い、陽は頷いた。

「せっかくおいでいただいたのに、申し訳ございませぬ」

そっと琥珀が謝るが、

「いやいや、かまわぬ。そなたらには、そなたらの生活があることは理解しておるし、我は休暇で来ておるゆえ、のんびりとできさえすればそれでよいのじゃ」

白狐は大して気にした様子もない。

「じゃあ、びゃっこさま、かえってきたらいっしょにあそんでください」

陽が言うのに、白狐は満足げに微笑んで頷いた。

◇◆◇

涼聖たちとともに診療所に来た陽だが、午前中の往診時間はいつも通り外へ遊びに出かけた。

その日の気分によって、ルートは様々だが、集落内をあちこち歩き回り、出会う住民と話したり、家に招かれたりしつつ、変わったことがないか――たとえば、この前来た時には咲いてなかった花が咲いている、とか、渡り鳥が来た、とかそういったささやかなことを、観察している。

つまりはパトロールである。

そのパトロールの途中には、お気に入りの場所が必ずいくつかある。

この日、陽は集落の寄り合い所の裏手にある遊歩道にあるベンチで、パトロール中にもらったおやつを食べることにした。

もらったのは、個包装の揚げおかきを二つと、クッキーが二つ、それから、板チョコレート一枚だ。

板チョコは、一人で一枚は食べられないので今は取っておくことにして、揚げおかきとクッキーで悩む。

「……クッキーは、おうちにかえってから、びゃっこさまとひとつずつしよう」

ワッフルが好きなら、多分クッキーも好きだろうと思って、陽は揚げおかきを食べることにした。包装を破り、揚げおかきを口に運ぶと、パリンとした食感と、甘じょっぱい醤油《しょうゆ》の香りと味が口の中に広がった。

「おいしい……」

自然と笑みが零れて、陽はすぐに一枚食べ終わり、二枚目を手に取る。そして、個包装を開こうとした時、不意に視線を感じた。

遊歩道なので、集落の誰かが散歩に来ていることはよくある。

だから、誰か来たのかなと思ったのだが、周囲を見回しても誰もいなかった。

「あれ？　だれかみてたとおもったのに」

不思議だったが、気のせいだったのだろうと思いなおし、陽は二つ目の包装を破る。

「うん、やっぱりおいしい……！」

笑顔でご満悦の陽は、誰かに見られていた気がしたことなどすっかり忘れて、揚げおかきの味に夢中になったのだった。

夜、三人は香坂家に戻ってきた。

居間に入ると、昼間と同じように白狐がちゃぶ台の前に、やはり笑顔でにこにこして座っていた。

「びゃっこさま、ただいま！」

元気に挨拶する陽に、白狐は頷きながら、

「よく戻った。琥珀殿も涼聖殿も、御苦労でおじゃるな」

琥珀と涼聖を労う言葉を口にする。

「いえ…。せっかく来てくれてるのに、なんかすみません」

アポなしでやってきたとはいえ、相手は九尾の稲荷だ。伽羅たちがいるとはいえ、家に置いて行ったのはやっぱり失礼だったかなと思いつつ、涼聖は謝る。

「いやいや、気にすることはないでおじゃる。シロ殿と話したり、龍神殿も昼前には起きておいでになったゆえ、将棋を指したりして楽しませてもらった。夕餉もともにと思ったが、その頃にはまた寝てしまわれてのう……。よく寝る御仁でおじゃる」

白狐はそう言って金魚鉢に視線を向けた。

金魚鉢の中ではタツノオトシゴ姿の龍神がいつも通りそこにいたが、寝ているのか起きているのかは判別がつきづらい。

しかし、反応をしてこないことを考えると寝ているのだろう。もっとも話すのが面倒で黙っているという可能性もあるが。

「龍神殿は、まだ力を取り戻されている最中ゆえ、普段は一日の大半を寝て過ごされておいでで」

琥珀がそっと説明をするのに、陽が口を開いた。

「りゅうじんさまのさわ、すごくきれいになってたよ。このまえ、りゅうじんさまと、シロちゃんといってきたの」

「いぜんでかけたときとはまったくちがって、ゴミはぜんぶなくなっていました。ざんりゅうしねんのきのよどみはありましたが、そちらはねんげつをかけ、じょうかされるのをまつしかないでしょう」

ちゃぶ台の上にちまっと座していたシロが説明を付け足した。

「龍神殿も難儀なことであったでおじゃるな。まあ、今はここで落ち着いておいでのよう、何よりじゃ」

白狐がそう返した時、台所で夕食の準備をしていた伽羅が、温め直した料理を持って居間にやってきた。

「おまたせしましたー、夕ご飯ですよー」

肉じゃがに、マカロニサラダ、イワシの甘露煮、そして味噌汁という、香坂家ではどれも定番のメニューだ。

「伽羅殿、いつもすまぬな」

礼を言い、琥珀が定位置に座す。

「どういたしまして。陽ちゃんは、食べてきたんですよね?」

ちゃぶ台に料理を並べながら、伽羅が問う。

「うん。しんりょうじょのおくのおへやで、たべたよ。きょうはね、おおさわのおばちゃんが、クリームシチューつくってきてくれたの」

診察を終えて帰ると、たいてい九時前だ。

その時間まで陽に食事をさせない、というのは可哀想で——もちろん、「気」を与えられているので、おなかを空かせるということはないのだが——、六時過ぎに、陽だけ先にいつも奥の部屋で夕食を取る。

そのことは患者たちも知っていて、涼聖や琥珀が帰ってから食べる分も含めて差し入れてくれることもあれば、陽の分だけで悪いけど、と持ってきてくれることもある。

もともと、集落にはおすそわけの文化が昔からあったらしく、本人たちは気にした様子もない。とはいえ、涼聖は当初、おすそわけをされるたびにありがたいと思うのと同時に、申し訳のない気持ちになったのだが、陽が笑顔で受け取り、次に会った時に「このまえのおかず、ありがとう。すごくおいしかった。だいすき！」と笑顔でお礼と感想を言い、それを聞いている当人たちがとても嬉しそうに喜んでいるのを見て、申し訳ない気持ちになるよりも感謝をしたほうがいいんだな、と思った。

もちろん、折に触れてお礼はしているが。

「クリームシチューですかー。この季節になるとシチューはおいしいですからねー。また日を置いて家でも作りますね」

伽羅がそう返すのに、白狐は頷き、

「我がここにいる間に是非頼みたい。伽羅は料理がうまいゆえな」

どこか満足した様子で言った。

「伽羅の料理、食ったんですか？」

それに涼聖が問うと、白狐は頷き、伽羅が説明をした。

「準備を始めたら興味津々で、何を作るのか聞いてくるんですよ……。答えたら食べてみたいっておっしゃるんで」

「一人で食すのも味気ないと思い、龍神殿を誘ってみたが、先ほども言ったとおり眠られたのでな。伽羅と一緒に食したが……いや、うまかった。本宮の厨《くりや》でも腕を披露してほしいほどでおじゃる」

留守の間もどうやら楽しく過ごしてくれていた様子なので涼聖はほっとした。

ほっとしたが、一つ気がかりがあった。

「大したもてなしは何もできませんが、それでよければ、好きなだけいてください。ただ、そんなに頻繁じゃないんですけど、集落の人がときどき琥珀の祠へお参りに来てくれたり、俺の友達が訪ねて来たりすることもあるんで、人の姿になるか、尻尾を一本にするか、どちらかにしてもらえますか」

白い狐、ならまだ許容範囲だろう。チラ見程度なら、犬に見えなくもないかもしれない。

ただ、尻尾が複数あったら、一目で普通じゃないと分かる。

「おお、それもそうじゃな」

白狐は納得した様子で頷いた。

以前、黒曜にも同じように頼んだ時、彼は人の姿を取った。

そのため、白狐もそうするのではないかと、琥珀と伽羅は少し期待した。

なぜ期待したのかと言えば、白狐が人の姿を取るところを見たことがないからだ。

一体どんな姿に変化するのだろう、と期待したのだが、キラキラっと白狐の背後で細かい霧のようなきらめきが舞ったかと思うと、

「これでどうでおじゃる？」

言葉とともに変化したのは尻尾だった。

あの孔雀のように広がっていた九本の尻尾は消え、普通の一本になっていた。

「そっち選ぶんですか……」

あからさまに伽羅はがっかりした様子で呟いた。それに白狐は、

「服を着たり、髪を整えたり、人の姿は面倒なのでなぁ」

と、ものぐさな理由を口にした。

「でも、びゃっこさまのしっぽ、いっぽんになってもふわふわ」

陽がそっと、白狐の尻尾を撫でる。

「毛並みの手入れには、ちと気合を入れておるでおじゃる。なにしろこの白い毛並みは汚れが目立つゆえなぁ。黒曜がうらやましいくらいじゃ」

冗談とも本気ともつかない様子で白狐は言う。

「言っておきますけど、師匠は身だしなみに気を遣ってらっしゃいますから。汚れが目立たないから放置なんてなさいませんよ」

伽羅はそう言ったあと、陽を見た。

「さて、陽ちゃん、シロちゃん、お風呂に行きましょうか」

「うん。びゃっこさまはおふろ、はいらないの？」

ごく自然な問いとして陽が問う。

「我はこの毛並みゆえ、今から入ると乾かすのに時間がかかるのでなぁ」

「じゃあ、ボク、おふろはいってくるね。シロちゃん、いこ」

陽はシロを手の上に乗せると伽羅と一緒に風呂に向かった。

「白狐様、申し訳ありません。陽にはまだまだ礼儀作法を、きちんとわきまえさせてはおりませぬゆえ、白狐様への言葉遣いが……」

陽が出ていったのを見計らって琥珀は謝る。

「いやいや、気にすることはないでおじゃる。かしこまった礼儀はあとからいくらでも身につけることができよう。今は陽ののびやかな気質のままにしておるのが一番じゃ。それよりそなたら、我のことは気にせず夕餉を。冷めてしまうでおじゃる」

すっかり話しこんでしまって、伽羅が準備してくれた夕食に手をつけないでいた二人に白狐は促した。

それを受けて二人は夕食を取り始めたのだが、その二人に白狐は留守の間に感じたことを話しだした。

「昼間、少し山にも行ってみたでおじゃる。今は伽羅が守っておる、そなたの以前の祠じゃが、よく一人であの場所を守っておったな。先代の橡《つるばみ》殿との諍いもあったであろうに」

改めて労われ、琥珀は頭を横に振る。

「まったく苦労がなかったとは申せませぬが、人がいなくなったあとは、自然に戻ろうとする山の気が荒廃せぬよう守るだけですみましたゆえ、自分の寿命が尽きるまでに何とかできるであろうと考えておりました。……陽を預かってから、少し事情が変わりましたが、陽の存在があることで助けられたことも多うございます」

琥珀の言葉に、涼聖は改めてかつて琥珀が置かれていた状況の厳しさを感じた。

出会った時の琥珀の瘦せた様子を思い起こせば、推して知るべしではあるのだが、その当時は今ほど琥珀の住まう世界のことも知らず——今も知っているとは言い難いが——、琥珀がどんな思いでいるのかまで、察することはできなかった。

「そなたにとっても、陽にとっても、互いに必要な存在であるようじゃな」

白狐はそう言い置いた後、少し間を空けて続けた。

「完全に清浄な本宮と比べれば、人の気配や、かつて住んでいた者たちの残留思念などがあるが、気にするほどのことではなさそうでおじゃる。……伽羅もおることであるし、まあ、そうじゃな」

それはどこか歯切れの悪い言い方で、白狐が何かを感じているらしいのが分かった。

「白狐様、何か気がかりが？」

琥珀が問うが、白狐は頭を横に振った。

「いや、我がまだ人界の空気に慣れておらぬだけじゃろう。なにしろ数十年ぶりゆえなぁ……」

そう言うだけで、感じている「何か」については言及しなかった。

その後、逆に白狐が興味津々な様子で診療所の様子などを聞いてきて、涼聖は食事をしながら問いかけに答える形で話をした。

そして、食事を終える頃、伽羅と一緒に陽とシロが風呂から出てきた。

「おお、陽。風呂から出てきたでおじゃるか」

「うん。びゃっこさまは、きょう、どこでねるの？」

陽はこのあと、伽羅に髪を乾かしてもらってから眠るのだが、白狐がどこで眠るのか気になった様子だ。

「一応、客間準備してますけど……」

伽羅がドライヤーの入った籠を手に白狐を見る。

「月草《つきくさ》殿が参られた時はいかがしておいでおじゃる？」

「つきくささまがおとまりのときは、ボクといっしょにねるよ！」

陽が元気に答えると、

「では、我もそうするでおじゃる。陽、我と一緒でかまわぬか？」

白狐がお伺いをたてた。

「うん！　びゃっこさま、いっしょにねよ！」

それがどれほどの僥倖であるか、陽には理解できていない。というか、月草と同衾《どうきん》しているというだけでもうらやまれるにはことかかないのだが、陽にとっては「お泊まり会」の感覚でしかない。

「はいはい、じゃあ、そうしましょうねー。その前に陽ちゃん、髪の毛乾かしますよー」

伽羅はあっさり白狐が陽の部屋で眠るのを受け入れたが、それがいろいろと面倒になったからだというのが丸見えで、琥珀と涼聖はこっそり苦笑した。

いつも通り、伽羅に髪を乾かしてもらった後、陽とシロは琥珀と涼聖におやすみなさいの挨拶をして、白狐と伽羅もともに陽の部屋へと戻った。

「今日は何の絵本にしますかー？」

「えっとねー、しちひきのこやぎ！」

部屋の中から元気に答える陽の声が聞こえてきたが、十分ほどで夢の中だろう。

「涼聖殿、いろいろとすまぬな」

白狐の急な訪問について、琥珀は謝る。だが、涼聖は、

「陽も喜んでるし、賑やかでいいじゃないか。まあ、伽羅は大変そうだけどな」

そう言って、おおらかに笑った。

3

チリーン、と涼やかな鈴の音が響いた。

その音に陽ははっとする。

——また、あのすずのおとだ。

あの日、どんな夢かを問われた時にはすっかり忘れていた陽だが、こうして夢の中だとあの夜に見た夢をはっきりと思い出せた。

ゆっくりと近づいてくる鈴の音。

だが、この前とは、少し違っていた。

『若様』

『若様、いらっしゃらぬ』

『見えぬ、見えぬ』

『若様、見えぬ』

陽から、向こうの姿はやはり見えないが、声の主はこの前と同じ様子だ。

「いるよ、ここだよ」

陽は返事をしたが、聞こえないようで、

『若様、いづこ』

『若様、どちらか』

捜す声が、遠ざかり始める。

それを追いかけようと、陽が走りだそうとした時、誰かに服を摑まれた。

振り返ると、白狐が陽の服の裾を咥えていた。

「びゃっこさま、だれかいるよ」

説明する陽に、白狐は咥えていた服を口から離すと、

「留守番の子ヤギは、知らぬ人の声に扉を開けてはならぬもの」

と、眠る前に伽羅が読んでいた絵本の話を引き合いに出した。

それに陽は「あ！」と言って納得した顔をした。

「じゃあ、かくれなきゃ！」

陽の返事に白狐は満足そうに頷いた。


チリーン。

陽が隠れている間に鈴の音は遠ざかり、やがて消えた。

◇◆◇

翌朝、陽が目覚めると、隣では白狐がスヤスヤ眠っていた。

その白狐の胸のあたりでモフモフの毛に埋もれるようにして、シロも眠っていた。

シロは普段、カラーボックスの中に設けられた自分の部屋にある、伽羅が作った天蓋付きベッドで眠っているのだが、昨夜は白狐に誘われて一緒に寝たのだ。

陽は布団の中で寝転んだまま、白狐が寝ている姿をじっと見つめる。

白狐が自分の布団にいるのはなんだか不思議で、わくわくして、自然と笑みが漏れた。

その時不意に白狐が身じろいで、耳をフルフルっと揺らしたかと思うと、ゆっくり目を開けた。

「ん……、おお、陽、もう起きておったのか」

そう言うと小さく一つ欠伸をした。

「うん。びゃっこさま、おはようございます」

「うむ、おはよう。よく眠れたか？」

白狐の言葉に、陽は頷いた。

「うん！　あのね、びゃっこさまとかくれんぼするゆめみたよ！」

断片的に覚えていた夢の内容を報告すると、白狐は目を細め、そうかそうか、と微笑んだ。

「よく眠れたのはよきことじゃが、そろそろ起きるかの……」

白狐はそう言うと、少し身を揺らしながら、シロを起こした。

「シロ殿、朝でおじゃる。起きるでおじゃるぞ」

その声と揺れに、シロは目を開けるとのろのろと体を起こし、ペタンと座った。

「びゃっこさま、はるどの、おはようございます」

「シロちゃん、おはよう。よくねむれた？」

「はい。びゃっこさまのけが、ふわふわであたたかくて……いつまでもねむっていられそうなここちよさでした」

シロが述べた感想に、白狐は「それはよかったでおじゃる」と言ったあと、立ち上がった。

「では身支度をしにいくか」

と、洗面を勧めてくる。その言葉に陽もシロも異論はなく、みんなで部屋をあとにした。


「陽の夢に通うておるものがおじゃる」

白狐が言ったのは、朝食を終え、陽がシロとともに龍神の金魚鉢の水を入れ替えに庭に出ている時を見計らってのことだ。

「夢に通う?」

意味が分からず涼聖は首を傾げたが、琥珀と伽羅は眉間に皺《しわ》を寄せた。

「陽はまだ幼い。誰に見初められた」

ペットボトルに移された龍神も、やや険しい声で聞いてくる。

タツノオトシゴ姿では表情の変化はさっぱりだが、その声でよからぬ事態であることは涼聖にも察せた。

「見初めたって……、そういう意味で陽を思ってるやつがいるってことか?」

月草もある意味では陽を「見初めた」のだろうが、彼女の場合は本来の意味でのことではなく、ひたすら可愛がり溺愛しているだけだ。

「誰かは分からぬし、その意図もよくは分からぬ」

白狐の声は少し硬かった。

「だが、夢に通う、というのは見初めたからだろう」

龍神が再び言うのに、白狐は軽く首を傾けた。

「それが、分からぬでおじゃる。陽の夢に通うておるものは、姫君ではなく、それなりの年かさの者……人ではなく稲荷の系列の者のようなのじゃが、気配があまりに薄いのでな」

「白狐様は、その者どもをご覧に?」

眉間に皺を寄せたまま、琥珀が問うと、白狐は頷いた。

「昨夜、陽とともに眠ったであろう？　その折にな。昨夜は特に術を使ったわけでもなく、ただともにいただけじゃが、それだけで陽を見つけられずにいた様子じゃ。稲荷を名乗れる者であれば、陽が視えぬなどということはないであろう」

「じゃあ、相手は相当弱いってことですか？」

今度は伽羅が聞いた。

「うむ……。稲荷と言うほどの力もないが、普通の狐でもないという程度か……。陽がどこぞで接触をし、そのあとを追って夢にまで通うておるのではないかと思うが……」

白狐はそう推測するが、琥珀と伽羅は互いに顔を見合わせた。

「陽の行動範囲は山と集落だけです。微小なれど山にそういった力を持つものが現れれば伽羅殿が気づかぬはずがありませんし、集落でも何か気がかりなことが起きれば、祭神《さいじん》殿が教えてくださるはず。あの方も陽のことは気にかけてくださっていますから」

陽に近づいたものがいるというのは、琥珀には考えられなかった。

微細であっても陽に実際に近づいた者がいれば何か感じないはずはない。

仮に自分が気づけなくとも、七尾を有する伽羅であれば気づくはずだ。

「確かにそうじゃな……」

白狐も相手の正体を見極めることができていないため、明確な答えは出せない様子だ。

その時、陽が金魚鉢を持って帰ってきたので、話はそこで終わった。

だが、診療所に出勤するまでの間、陽が着替えている時を見計らって、「陽の身の周りには気を配る」ということが決まった。

「おお、陽。可愛い服でおじゃるな。よう似合っておるぞ」

着替えを終えて部屋から出てきた陽に白狐が声をかける。

「びゃっこさま、ありがとう」

礼を言う陽に、白狐は前肢を持ちあげ、ちょいちょい、と動かしてそばにくるように伝える。

「びゃっこさま、なんですか？」

近づきながら問う陽に、白狐はちゃぶ台の上に置いた小さなお守り袋を示した。

「陽にプレゼントじゃ」

「おまもり！　びゃっこさまがつくってくれたの？」

「そうじゃ。陽が毎日息災でいられるようにな。持っていくがよいぞ」

白狐の言葉のあと、

「わぁ、陽ちゃん、よかったですねー。白狐様から直々にお守りをいただけるなんて」

伽羅はそう言って、お守りを手に取り、

「月草殿からいただいた笛と一緒に下げておきましょうね」

陽が以前、月草から貰った貝笛のペンダントに括りつけた。

「月草殿も陽にお守りを渡しておったか」

「うん。えっとね、なにかあったら、ふきなさいって。そうしたら、すぐにくるからって。ほんとうにすぐにきてくれたんだよ」

琥珀が龍神に魂を引き裂かれたあの時、月草は本当にすぐに駆けつけてくれた。

使ったのはあの時だけだが、貝笛は毎日、こうして首から下げたり、ポケットやポシェットに入れたりして持ち歩いている。

「そうでおじゃったか。月草殿は、陽を本当に大事にしてくれておるなぁ」

白狐の言葉に陽は頷いた。

「うん。いつもすごくやさしいの」

笑顔の陽に白狐も笑顔で頷く。

「陽、そろそろ行くぞ。準備できたか？」

その時、出勤の準備を整えた涼聖が琥珀とともに居間にやってきて声をかけた。

「うん」

「じゃあ行くか」

涼聖がそう言ったタイミングで、伽羅が思い出したように口を開いた。

「あ、涼聖殿。俺もついて行っていいですかー？」

「おう、いいけど、どうした？」

「安沢《やすざわ》のおばあちゃんに頼みたい刺繍《ししゅう》があるんですよー。陽ちゃんがパトロールに出る時についいてきてもらおうかと思って」

自然な流れではあったが、あらかじめ打ち合わせ済みだ。

診療時間中、陽は集落の散歩に出かける。それを急にやめさせることはできないが、琥珀が陽について回ることも無理だ。

そうなると必然、伽羅がついて行くことになる。

「ボクはいいけど……、びゃっこさま、おるすばんでいいの？」

昨日は伽羅がいたので、留守番といっても陽は特に何も思わなかったが、さすがに伽羅までいないとなると、せっかく来てくれているのに、という気持ちになった。

「陽は気遣いのできるよい子でおじゃるな。じゃが、大丈夫じゃ。シロ殿もおいでだし、龍神殿と将棋をする約束もいたしておる。それに…何かと伽羅は口うるさいゆえなぁ。のんびり羽をのばさせてもらうでおじゃる」

白狐は気にすることはない、と告げ、陽はそういうものなのかな、と頷いた。

「じゃあ、びゃっこさま、りゅうじんさま、シロちゃん、いってきます」

留守を守ることになる三人に挨拶をして、陽は涼聖、琥珀そして伽羅とともに診療所へと出かけた。

それから数日、伽羅は不審に思われないように、いろいろと集落の用事を作っては陽のパトロールについて回った。

とはいえ、ついて回るのは夕方までで、太陽が落ちると陽は診療所に戻る。

陽が診療所に戻れば、あとは心配がないので、伽羅は家へと戻って夕食の準備、というスケジュールで回っていた。

あの夜を最後に、陽の夢に通う者は現れず、集落パトロール中にも不審な気配は一切感じることがなかった。

そのため、相手が諦めたのではないかと思われたある日、伽羅を祀ってくれているシゲルが来ることになり、陽についていることができなくなった。

だが、何も起きていなかったこともあり――その日だけは陽が一人になった。

「あれ、今日は陽ちゃん一人なんスか？」

パトロールの途中で出会った、宮大工の佐々木《ささき》の弟子である孝太に声をかけられ、陽は頷いた。

「きょうはね、きゃらさんにおきゃくさんがあるの。おやまのほこらに、ごあんないするんだって」

「そうなんスねー。まあ、毎日伽羅さんが一緒っていうほうが不思議っちゃ不思議だったたっスけど」

それまで、陽は一人で散歩をしていたので、突然、伽羅が連日陽と一緒に散歩をするようになったことのほうが不思議がられていたのだ。

もちろん、問われれば納得してもらえるような理由は準備していたし、実際、聞いてきた集落の者はそれで納得もしていたのだが、不自然さは拭えなかっただろう。

「こうたくんは、どこかいくの？」

大体作業場にいる孝太と外で出会うのはわりと珍しくて、今度は陽が聞いた。

「山守《やまもり》さんちに行くんスよ。離れへ行く廊下の板が腐って穴があきそうなんで、それの修理で」

宮大工の修業に来ている孝太だが、それ以外の大工仕事も頼まれれば気軽にこうして引き受けている。

集落の生活を守るためには必要なことだと理解しているし、孝太は大工仕事自体が好きなのだ。

「そうなんだ。こうたくん、おしごと、がんばってね」

「ありがとうっス。陽ちゃんも気をつけて散歩行ってくださいねー」

優しく声をかけてくれる孝太に手を振り、陽は散歩を続行した。

基本的に観光地でもなんでもないこの集落には見知らぬ人が来ること自体が稀《まれ》で、既に集落のみんなが陽のことを知っていることもあり、一人で散歩をさせても危ないことは基本的にない。

みんな、言葉には出さずとも陽に何もないように、自然と気を配ってくれているからだ。

だが、過疎化の進んでいる集落のこと。誰の目も届かない場所や時間は多く存在する。

陽が定番コースの一つである、集落の神社の裏手から、集会所の遊歩道に出て、そこから廃校になった小学校へと向かっていた時のことだ。

「そこの坊ちゃん、ここにはどう行ったらいいか分かるかな」

目深に帽子をかぶり、コートを着た見知らぬ男に声をかけられた。

手にはメモのようなものがあり、道に迷っているらしいのが分かった。

「困っている人には親切に」というのが陽の信条のようなものだ。

「どこですか？」

手助けできるなら、と陽は男に近づいた。

「ここなんだがね」

男は近づいてきた陽に、手にしたメモを見せ――陽に触れようとしたその瞬間、陽が首から下げていた白狐のお守りから小さな電撃のようなものが放たれ、バチンッ、というやや大きめの音が響いた。

「っ！」

陽には何の体感もなかったが、音と同時に男が手をひっこめ、怪我でもしたのかその手をもう片方の手で押さえた。

「おじさん、だいじょうぶ？」

何が起きたのか分からなかったが、陽が心配になり声をかける。しかし、男はそれにも答えることなく、走っていく。

「おじさん、まって！」

怪我をした様子なのが気になって陽は追いかけたが、さほど離れていたわけでもないのに、男が走っていった廃校になった小学校へと続く緩やかな曲がり道から、直線の道に出た時には、もうその先に誰の姿もなかった。

「あれ……、いなくなっちゃった」

念のために学校まで行ったのだが、運動場にも誰の姿もない。

陽は運動場にあるブランコで遊ぼうと思っていたのだが、なんとなくそんな気持ちもしなくなって、そのまま診療所へと戻ってきた。

「陽、いつもより早い帰りだな。どうかしたのか？」

いつもならば、午前中の最終受付時刻ギリギリに戻ってくる陽が、一時間近く早く帰ってきたことと、どこか浮かない表情をしているのにすぐに気づいて、受付にいた琥珀は聞いた。

それに陽はすぐには答えず、受付の中まで入ってきて、小さな声で琥珀に伝えた。

「あのね、さっきしらないひとに、みちをおしえてっていわれたの。それで、おしえてあげようとおもったら、びゃっこさまのおまもりが、バチンッてなって……なんだか、そのひと、おけがしたみたいなの。でも、そのままはしっていっちゃって…」

ショボンとした様子で言う陽に、琥珀は眉根を寄せた。

「どのような方だ？」

「ぼうしと、コートきてた。でも、しらないおじさんだったよ」

「ほかに覚えていることは？」

「……わかんない。でも、おけがしちゃったとおもう。だいじょうぶかなぁ……」

心配した顔の陽に、これ以上は聞いても仕方がないと踏んだ琥珀は、軽く陽の頭を撫でた。

「少し驚かれただけであろう。怪我をされていれば、涼聖殿に診てもらいにいらっしゃる。そうではないところを見ると、怪我はなかったのではないか？」

琥珀に言われ、陽はほっとした顔になる。

「うん。もし、おけがしてても、りょうせいさんにみてもらったら、すぐになおるね」

「そうだ。だから、陽は心配せずともよい。……もう、このあとは診療所にいなさい。すぐに昼食だからな」

琥珀の言葉に陽は素直に頷いたが、琥珀の胸のうちはモヤモヤが続いていた。

◇◆◇

今日の出来事については、帰宅後、陽が眠ってから早速、大人たちだけで会議があった。

「とりあえず、昼飯食ってからは、往診についてこさせた。この時季、すぐに真っ暗になるから、夜の診療時間はいつも診療所にいるんで、変な奴とは接触してないと思う」

涼聖の説明に琥珀も頷き、

「涼聖殿が陽を連れて往診に出ている間に、集落の祭神殿と話しをしたが……祭神殿が気づいたのは白狐様のお守りが陽を守って動いた時だろうと。……すぐに気配を追ったそうですが、小学校へと続く道の途中で消えたと」

そう説明をする。

「こっちでは、何も感じませんでしたから、山のほうには来ていません」

その時刻、シゲルを連れて山を登っている最中だった伽羅も断定する。

そして白狐は、

「陽に何者かが接触したのは、お守りが発動したゆえ、分かったでおじゃるが……何者であるかは分からぬままじゃ。眠った陽の頭から直接記憶を探ったが、陽が覚えておるのは、帽子とコート姿の男のみでな。」

家にいても、やはりお守りが発動したことは、はっきりと感じたらしい。

「ただ、稲荷の系列のものであることだけは確か。しかしあまりに力が弱い。同系列の我にはそのものの存在を感じることができたという程度ゆえ、祭神殿では難しい話であろう」

祭神が気づかなかった理由も、説明がつく。

「一体、何者なんだ、そいつら」

怒りを滲《にじ》ませた声で涼聖が呟く。

「……分からぬ。ただ、夢にも我がいるゆえ通えず、昼間も伽羅が一緒におるゆえ接触できず、焦れて一人になった時を狙ったのであろう。力の弱い者ゆえ、陽に害を成すことまではできぬと思っておったが……」

思案顔で言った白狐に、

「力の強い、弱いの問題じゃねぇ。そいつ、大人だったんだろう？　陽は子供だ。お守りがなけりゃ力尽くで誘拐してった可能性だってあるじゃねぇか。そうなりゃ、普通に誘拐犯だ」

涼聖は憤る。

「涼聖殿、落ち着け。それを見越しての白狐様のお守りだ」

「それは理解してる。でも、子供を狙うとか、その性根が我慢ならねぇんだよ」

琥珀にいさめられても、涼聖の怒りは収まることはなかった。

その涼聖の怒りに、白狐も頷く。

「それは、我とて同意。幼き者を狙うは卑劣という以外の何ものでもないでおじゃる。……既に陽は我と縁を結びし者。陽にどのような用があるかは分からぬが、黙って見ておるわけにはいかぬ。一度、ちゃんと話しをする必要があるじゃろう」

「それがよいだろう。それで逃げ回るようなら、とっ捕まえてしまえばよい」

どうやら起きていたらしく、金魚鉢の中から龍神が言った。

「龍神殿、物騒なんですから。まあ、俺も同意ですけど」

伽羅も好戦的に目を光らせる。

「問題は、いつその話し合いの場を持つかでおじゃるが……その場に陽はおらぬほうがよいであろう。とはいえ、琥珀殿にも伽羅にも同席をしてもらわねばならぬし、涼聖殿では相手が呪法を用いてきた時に対応できまい……。何か理由をつけて、その日は陽を本宮に遊びに行かせるか？秋の波が遊びたがっていると言えば、不審がられることもないと思うが……」

相手の正体を見極めてからでないと、会わせたくないと言うのは誰もが同意見だ。

その中、琥珀はあることを思い出した。

「明日、月草殿がおいでになります。月草殿も陽には心を砕いてくださっているゆえ、此度のことは報告をしておいたほうがよいと思っております。その際に、月草殿に陽を預かってもらえぬか聞いてみてはいかがでしょうか。陽は、月草殿のところには時折、遊びに行かせていただいておりますから、不審がることもないでしょう」

「おお、月草殿がいらっしゃるか。月草殿が引きうけてくださるのであれば、そのほうが自然であろうな。……明日、月草殿の返事を聞いてから、相手と会う算段を整えるでおじゃる。涼聖殿、それでかまわぬか？」

白狐は視線を涼聖へと向けた。

「……ああ。何もできねえのに口を挟んで悪い」

「いや、涼聖殿と陽も深い縁で結ばれておる。それに我らとは違う立場からの意見は貴重でおじゃるぞ」

白狐はそう言うと座布団から立ち上がった。

「話が決まれば、我は眠るでおじゃる」

そしていつも通り、陽の部屋へと戻っていく。

「一体何者なんでしょうね……。陽ちゃんはものすごく可愛いですけど、稲荷としてはまだ力がありません。その陽ちゃんを狙ってくるなんて……」

伽羅がため息交じりに言う。

「……稲荷になる素質を秘めていて、まだ力がないからこそ、じゃないのか？　秋の波ちゃんを狙ったのと似たような連中だったら」

涼聖の言葉に琥珀と伽羅はハッとした。

「陽を器に、ということか……」

「それは分かんねぇよ。ただ、そういう厄介な連中がいるってことは事実だろう？　可能性としてはないわけじゃないだろうし……秋の波ちゃんの時だって気配を消せる連中だって言ってたじゃねぇか」

秋の波を野狐に追い込んだ者たちがどういった者たちかは、未だに分かっていない。

追える痕跡がなかったからだ。

相手が何を考えているのか分からない今、その手が陽に伸びようとしている可能性は決して排除できないものだ。

「もしそうなら、思う以上に厄介なことになる可能性がありますね」

伽羅の表情が引き締まる。それに琥珀も頷いた。

「陽にはこれまで以上に注意を払わねばならぬな」

二人の言葉に、そういう意味合いで何もできない自分の無力さを、涼聖は嚙みしめた。

4

翌日、よく晴れた香坂家の裏庭のピザ釜の前で、伽羅は真剣な顔で中のピザの焼け具合を確認する。

「うん、そろそろですね」

目視で頃合いを見計らい、ピザを取りだすための木製のピールを使い、伽羅はピザを釜から出した。

「わぁ……！　おいしそう！」

出てきたピザを見て、真っ先に声を上げたのは陽だ。

「ほう…、これがピザなるものか……」

後肢だけで立ち上がり、バーベキュー用の鉄板の上に置かれたピザを覗きこんだ白狐が不思議そうな顔をする。

「このチーズの焼けたところがうまいのだ」

そう言うのは、ピザだと聞いて起きてきた龍神だ。

天候に恵まれたこともあり、先日のバーベキューに引き続き、今日の昼食も裏庭でのピザパーティーになった。

「ホント、龍神殿、ピザ好きですよね。この前のバーベキューの時も食べたのに」

伽羅は感心と呆れの入り混じった様子で言う。

「そなたのピザはうまいからな。切り分けるぞ、いいか？」

待ちかねた様子で龍神はピザカッターを手にする。

以前は包丁で切り分けていたのだが、ピザの登場がたびたびになるため、購入したものだ。

「ええ。どんどん焼いていきますから、たくさん食べてくださいね」

伽羅は言いながら手際よく伸ばした生地に準備した具材をトッピングしていく。

「陽、これを琥珀と涼聖のもとへ」

龍神は切り分けたピザを紙皿の上に載せ、陽に渡す。陽は渡されたそれを持って、縁側に座している二人のもとへと向かう。

「こはくさま、りょうせいさん、ピザもってきたよ！」

「おー、ありがとな、陽」

陽は二人にピザを渡すと、大急ぎで自分のピザを食べに戻る。

琥珀と涼聖はその陽の姿を目で追った。

視線の先では、陽が早速ピザにかぶりつき、シロや白狐と笑顔で感想を言い合っている。その傍らでは龍神がもくもくとピザを口に運んでいて、それはとても和やかで平和な光景だった。

だが、この光景は不穏な気配と紙一重のところにあるのだ。

もし、陽を狙っているのが、秋の波を野狐化させた者どもと同じであったとしたら――。

それは仮定の話でしかないのだが、琥珀は言いようのない不安に駆られていた。

「琥珀、冷めちまうぞ」

そんな琥珀に、涼聖は声をかけた。

「ああ、そうだな」

琥珀は小さく返し、ピザを口に運んだ。


念願の伽羅のピザを思う存分食べた白狐は、昼食後、居間に面している縁側に座布団を置き、日向ぼっこを始めた。

陽もその隣に座布団を置いて、シロと一緒に日向ぼっこをしていたのだが、おなかがいっぱいでポカポカと暖かな日差しを浴びていると眠気に襲われるのは当然のことだ。

結果、白狐と陽、シロはそのまま縁側で昼寝タイムに突入である。

日差しが暖かだとはいえ、眠ると体温が下がる。そのため、起こさないように琥珀はそっとひざかけを陽と一緒に寝ているシロ、それから一応白狐にも――人の姿を取っているわけではないので、そのままでも寒くはないと分かってはいるのだが――かけて、居間からそっと静かに見つめる。

ややすると、使った食器類を洗いあげた涼聖が居間に戻り、それから時を置かず、ピザ釜の火の処理を終えた伽羅も居間に戻ってきた。

「まったく、白狐様はマイペースなんですから……」

平和に昼寝をしている白狐の姿に伽羅は呆れた口調で言うが、どこか嬉しそうだ。

「伽羅殿のおかげでおいしい昼食だった。ずっと作り続けて、大変であっただろう」

労う琥珀の言葉に、伽羅は頭を横に振る。

「いえ、作るの好きですし、おいしいっていっぱい食べてもらえるのは嬉しいですから、大変とかは全然」

「俺もだけど、みんなもよく食ったもんな。龍神なんか、焼けるたびに一切れは絶対に食ってたし」

涼聖が感心しながら金魚鉢に戻った龍神を見るが、こちらも満腹後の昼寝タイムのようだ。

それに三人は顔を見合わせて、そっと笑う。

「ホント、みんなマイペースなんですから」

「そなたが一番気苦労を背負い込まされるな」

琥珀が苦笑するのに、伽羅は頷くが、笑顔だ。

「優秀なんで、そこは仕方ないです。……琥珀殿のための苦労なら、喜びでしかないんですけどねー」

「さすが見上げた下僕根性だな」

笑って言う涼聖に、

「琥珀殿限定です」

きっぱりそう言ったあと、「あ、でも陽ちゃんにも敵わないですかねー、俺」と付け足す。

「いや、陽に敵う奴はそうそういねぇだろ。俺だって無理だしな」

「そうなんですよねー」

伽羅がそう返した時、集落から香坂家へと通じる一本道の坂を車が登ってくる音が聞こえた。

生垣の上から車の屋根に取り付けられたタクシーの表示灯が見え、停まったタクシーのドアが開く音が聞こえた。

そして、誰かが降りてくる気配があり、生垣の上から見えたのは艶やかな黒髪の美女、月草の姿だった。

月草はタクシーから降りるや、まっすぐに門を入ってくる。

「陽殿……」

満面の笑みで呼びかけて、縁側でスヤスヤ昼寝中の陽に気づいた月草はそこで言葉を止め、そっと縁側へと近づいた。

そして、居間から出てきた琥珀、涼聖、伽羅の三人に微笑みかける。

「今日も元気そうで何より」

と言ったあと、じゃが、と付け足し、陽の隣で座布団の上で丸くなって寝ている白狐に視線を向けた。

「……白狐殿でいらっしゃいますな？　一本しか、尻尾がありませぬが」

「人に見られては騒ぎになるゆえ、人の姿になるか、尻尾を一本にするかどちらかにと涼聖殿に言われ、こちらの姿をお選びに」

琥珀の説明に、なるほど、と月草が頷いた時、気配に気づいたのか白狐が耳をフルフルっと震わせると、目を開いた。

「ん……？　おお！　月草殿ではないか」

そう言うや、起き上がって座布団に座り直す。

「ここでお会いするとは。いつぶりでございましょうか」

微笑みながら問う月草に、

「出雲《いずも》の帰りに本宮へ立ち寄ったそなたに、陽の可愛さを自慢されて以来ぶりかの」

白狐はあっさり返す。

それに月草は、ほほ、と笑ったあと、

「陽殿の愛らしさ、ご理解いただけましたか」

しれっと返し、白狐も頷いた。

「溺愛しとうなる気持ちは充分すぎるほど理解できたでおじゃる」

白狐はそう言って、隣の座布団で眠ってしまっている陽へと視線を向ける。

「気持ちよさそうに眠っておいでじゃなぁ……。ああ、何と愛らしい」

月草は両手を胸の前で組むようにしながら、陽の寝顔を見つめる。

その時、両手にいっぱいの荷物を手にした狛犬《こまいぬ》兄弟の阿雅多《あがた》と浄吽《じょううん》がやってきた。

「涼聖殿、琥珀殿、伽羅殿、お邪魔いたします」

礼儀正しく浄吽が挨拶し、それに乗っかる形で阿雅多も頭を下げた。

「白狐殿、紹介致します。狛犬の阿雅多と浄吽です。……二人とも、こちらのお方は稲荷の本宮の長の白狐殿じゃ」

突然紹介され、浄吽は急いで手にした荷物を置き、跪いた。

それを見て阿雅多も条件反射でそれに倣う。

「初めてお目にかかります。我ら、月草殿の神社にて狛犬の務めについております。私が弟の浄吽、隣が兄の阿雅多です」

そつなく浄吽が口上を述べる。

「頭を上げておじゃれ。今は休暇で来ておるゆえ無礼講じゃ」

白狐の声に二人は顔を上げ、そして立ち上がる。その二人に、

「それにしても……いつもに増してすごい荷物だな」

涼聖は驚きを隠しもせずに言った。

月草は来るたびに、いろいろと土産を持ってきてくれる。基本的に陽へのものが多いのだが、

今回はその量が尋常ではなかった。

「ああ、これは琥珀殿へ祝いを持ってきたのじゃ」

「私へ？」

月草の言葉に琥珀は少し不思議そうな顔をした。

「そうじゃ。四尾になられたとか。先だって、使いに出た鳩《はと》が申しておったゆえ」

月草から、いつもの使いの鳩がやってきたのは、白狐が来る前のことだ。

その時の返事には、琥珀の尻尾のことには触れなかったが、鳩が自分の見たことを告げたのだろう。

「そうでしたか。わざわざお気遣いいただき、申し訳ありません」

「正式な祝いはまたと思っておるが……」

月草がそう言った時、眠っていた陽が話し声に目を覚ました。

「陽殿、起こしてしもうたか？」

月草は軽く腰を曲げ、横たわったまま、まだぼんやりとしている陽の様子を窺《うかが》う。陽は何度か瞬きしたあと、目に映る人物が月草だと認識するや、ぱあっと笑顔になった。

「つきくささま！」

「元気そうで何よりじゃ」

言いながら両手を広げる。陽はその腕の中に迷いなく飛び込んだ。

「つきくさどの、ようこそおいでくださいました」

陽と一緒に寝ていたシロも目を覚まし、まだ眠気を引きずりながらも座布団の上に正座をして、お辞儀をする。

「シロ殿も元気そうじゃな」

「はい、おかげさまで」

シロが返事をすると、

「庭先で立ち話というのも落ち着かぬ。上がっておじゃれ」

白狐が月草たちに家に入るよう促す。

「白狐様、ここ、涼聖殿の家ですよ？」

まるで自分の家のようにふるまう白狐に、伽羅は窘《たしな》めるように言うが、涼聖は笑った。

「かまわねぇよ。自分の家みたいにくつろいでもらってるって思えば、こっちとしても嬉しいしな」

「涼聖殿は相変わらず度量の広い方でいらっしゃる。では、お邪魔させていただこう」

月草は微笑んでそう言うと、腕の中の陽を抱き上げて、そのまま一緒に玄関へと回った。

その光景に、

「……陽ちゃんは、置いていってもよかったんじゃないかなって思うんですけど」

伽羅は呟き、

「もう、一体化したと思ったほうが早いだろうな」

涼聖は、笑いながらそう返した。

◇◆◇

月草の「陽、愛で祭り」はこの日も絶好調だった。

今回の土産は琥珀への祝いの品――中身は、文に使う和紙、筆、墨などの消耗品、これは月草がこれは、と思うものに出会った時に贈ってくれることも多いのだが、それ以外には、絹の反物や香などがあった――が大半だったが、やはり陽への土産もかなり多かった。

「わぁ…モンスーンのシールセットだ！」

「おお……これは、げんていのものですね」

お土産の中に大好きなアニメのグッズが出てきて、陽とシロが目を輝かせる。

「浄吽が、限定ものが出ると情報を集めて参ったゆえ、阿雅多に買いに参らせたのじゃ」

微笑みながら月草が言うのに、陽は阿雅多と浄吽に視線を向けた。

「あにじゃさん、おとうとぎみさん、ありがとう！」

それに阿雅多は「おう」とだけ返し、浄吽は、

「兄者も買い物に出かける予定がありましたから、ついでです」

言外に気にしないように伝える。

実際、阿雅多は買い物の予定をしていたのだが、限定品を買うために並ばねばならなかったので、普段の勤務時刻より早く起きて神社を出ることになった。しかし、陽とシロがシールセットに夢中で見入っている姿に、その苦労は吹き飛んだ気持ちになる。

とはいえ、あれこれ勝手に買ってきているわけではなく、お菓子や、食材などの消耗品以外はよほど月草が「これを身に着けた陽殿が見たい！」と暴走モードに入らなければ、琥珀や涼聖と相談の上で買ってくることになっている。

そうでなければ、陽の部屋が月草からの贈り物でいっぱいになりかねないからだ。

ありがたいことに、陽は集落の手仕事が大好きな老人たちから、あれこれもらうので、衣装もおもちゃも、かなり持っているのだ。

「シロちゃん、シロちゃんのおへやのかべに、どのシールはる？」

「はるどのがもらったものなのに、よいのですか？」

「陽がもらったもの」という前提を忘れていないシロは、遠慮しつつ確認する。

「あー、買えたら二つ買うつもりだったんだけど、一人一個って決まってたんで。悪いな」

阿雅多が謝る。

月草とて似た年頃のシロがいるのに、陽のものばかりを買ってくるわけではない。シロもモンスーンが好きなことは知っているので、シロが扱えそうなものであればちゃんと一緒に準備をしている。

ただ、体長が十五センチほどしかないシロに向いた服などは滅多になく――人形用には近いサイズのものがあるが、そういったものは見た目がよくとも着用した時の裏側に難があったりして、シロが着るには向かないのだ――結果的にシロへの土産物が少なくなってしまっているのである。

「ううん、シロちゃんとはんぶんこするからだいじょうぶ。シロちゃん、どれにする？」

「われは、このシクローンをかべにはりたいです」

「わかった、じゃあこれ、シロちゃんのね。ボク、こっちのモンスーンもらっていい？」

二人でシールセットから一つずつ欲しいものを選び、欲しいものがかぶったらジャンケンをして分けていく。

その睦まじい様子を、月草は蕩けそうな表情で見つめ、他の大人たちも穏やかな気持ちで眺めながら、時間は過ぎた。

大人同士の話し合いが始まったのは、夜になり、陽とシロが伽羅と一緒に風呂に向かってからだ。

「実は月草殿にお願いしたいことがあるのです」

おもむろに切り出したのは琥珀だった。

「わらわに？　はて、なんであろうか？　わらわにできることであれば、なんでも言ってみてく

れぬか？」

月草の言葉に、琥珀は続けた。

「陽を一日か二日、預かってはもらえぬか？」

その申し出に、月草は拍子抜けしたような顔を見せた。

「そのようなこと、造作もないが」

「むしろ、月草様にとっては御褒美です」

ついうっかり本音を漏らした浄吽だが、月草は「陽と一緒に過ごせる」ことに既に気を取られていて浄吽の言葉の失礼さには気づかなかった。

ただ、気づいたのは、月草にとっては問題のないことだと琥珀にしても分かっているはずなのに、申し出る前の表情が硬すぎたことだ。

いろいろと慎ましい琥珀だが、それを差し引いても様子がおかしかった。

「何か事情がおありか？　まさか、またこの前のような……？」

以前、急に陽を預かってくれと言われた時は、琥珀と涼聖は野狐と対峙するために本宮へ向かうところで、生きて戻ることはできないかもしれない、という状況下でなされた頼み事だった。

まさかその時と同じような理由が、と危惧した月草だが、

「いやいや、それほど深刻な事態ではないでおじゃる」

琥珀の代わりに白狐が口を開き、そのまま続けた。

「実は、何者かが陽に接触を図っているでおじゃる」

夢に通い、また実際に陽と接触しようとしたことなどを白狐は説明する。

「陽は夢のことはほとんど覚えておらぬし、あの夜以来、我がいるのを感じてか夢に通うてくることもないが……諦めてはおらぬじゃろう。それゆえ、一度、その者らと会う必要があると思っておるのじゃが、その場に陽を置きたくはないゆえな」

「本宮に預かってもらうって話も出るには出たんだが、月草さんのところになら陽も行き慣れてるから、陽が変に勘ぐることもないと思って…引きうけてもらえたらありがたい」

涼聖が言うと、月草は一も二もなく頷いた。

「ありがたいなどと……わらわにとっては願ってもないことじゃ」

そう言った後、突然憤慨した様子を見せた。

「じゃが、陽殿の夢に通う者がいる、じゃと？　夢に通うてでも陽殿と毎日過ごしたいのはわらわとて同じじゃ！　それをどこぞの新参者が礼儀もわきまえず陽殿をたぶらかそうとするとは！」

——うわー、月草様らしすぎる……。

——予想通りすぎて……。

狛犬兄弟は黙したまま、ただ視線だけで互いの言いたいことを理解する。

もっとも、涼聖も琥珀も白狐も似たようなものではあったが。

「それでは、頼んでよいでおじゃるか？」

「かまいませぬが…、近々ということでございますな？」

月草が問い返すのに、白狐は頷いた。

「今宵、向こうと接触を図ってみるでおじゃる。涼聖殿の次の休みに合わせて参るよう言うつもりでおじゃるが」

「そうでございますか……。陽殿を預かることには問題はありませぬが、ただ、わらわのほうも祭りを控えており、その準備などがありますゆえ、陽殿に来ていただいてもどこぞに遊びに参ることもできぬのが……」

——うん、そこが一番問題になるのは知ってました！

——一緒にいられるだけでいいじゃないですか……。

狛犬兄弟の心の会話再び、である。

実は今回の訪問も、「祭り前に陽殿と会えねば、頑張れぬ！」と前々から月草が言っていたため、浄吽がスケジュールを調整しており込んだものだ。

「月草様、この時季は寒く、遊びにお出かけになるのは陽殿のお体が心配です。暖かくなれば、行楽地で様々な催しがございますし、そのリサーチを既に進めておりますから」

月草の陽に関する操縦方法を弁えている浄吽がそう言葉をかける。

「そうじゃな。陽殿の身に何かあってはならぬな……。陽殿には退屈な滞在となるやもしれぬが、お預かりいたします」

　月草は改めて、陽を預かることを快諾してくれた。だが、その上で月草は、

「しかし……、陽殿に接触を図ろうとしているのは、どのような相手なのか…」

　疑問を口にする。

「あのさ、一応、この家は琥珀の結界の中なんだよな？」

「そうだ。こちらの望まぬものが来ぬようにはしてある。もっとも、私より力のあるものが気配を消してくれば、気づくことはできぬが……」

　涼聖の言葉に、琥珀はそう言って視線を白狐に向ける。

　サプライズ訪問だった今回のことを指しているのは明白だ。

　だが、涼聖は白狐のことを特に気にしているわけではなかった。

「そこが謎っていうか……、白狐さんがいるってだけで陽が視えなくなるような連中なんだろ？稲荷未満っぽいって前に聞いた気がするけど」

「我が感じた範囲内では、そうでおじゃる」

「ってことは、琥珀より力がないって相手なのに、なんで琥珀が陽の夢に通ってるって気づけないんだ？　そういうもんなのか？　夢だと陽が琥珀の結界内にいても、琥珀の力は無効になっちまうのか？」

　それはもっともな疑問でもあった。

「そこは、我にも分からぬ部分でおじゃる。じゃが、秋の波の時のように力のあるものが痕跡や気配を消しつつ来ていたのであれば、陽に渡したお守り程度の威力で逃げ出しはせぬじゃろう」

白狐の言葉には全員が同意だった。

「強引にその時に連れてってるだろうな。そうじゃなきゃ、こっちはもっと警戒して陽を囲い込むから、余計に連れていくのが困難になる」

それほど弱い相手なのに、どうやって琥珀の結界に気づかれないように入り、陽の夢に通ったのか。

謎は深まるばかりだ。だが、

「おふろ、でたよー」

と、陽が伽羅とともに湯上がりホコホコの体で居間にやってきて、話はそこで終わりになった。


その夜、月草が陽と一緒に眠ったため白狐は隣の琥珀の部屋に移ったが、白狐は眠らず、相手に気づかれぬように陽の夢に入りこんだ。

チリーン、といつかのように鈴の音がした。

白狐の気配がないので、陽に会いに来たのだろう。

『若様、いづこ』

『若様、若様』

鈴の音と声が近づいてくる。その音が充分に近づいてから、白狐はその者――といっても形を成してはいない霧のようなものだ――たちの前に姿を見せた。

『そなたら、何者』

問う白狐の声に応える者はいなかった。

だが、白狐の術で逃げ出すこともできず、ただ霧はそこに漂うように揺れた。

『答える言葉がないでおじゃるか？　じゃが、我の声は聞こえておるはず。この土曜の未の刻にこの家に訪ねて参れ、よいな』

白狐はそう言い渡すと、捕縛を解いた。

すると揺らいでいた霧は立ち消え、最後に小さくチリン、と鈴の音が響いた。

5

白狐が話し合いに指定した土曜。

この日、朝から狛犬兄弟が陽を迎えにやってきた。

あの翌日に月草から「祭りの準備で忙しくなるわらわを、そばで応援してくれぬか？」と頼まれていた陽は、何の疑問も持たずに、笑顔で狛犬兄弟と一緒に月草の神社へと向かった。

涼聖と琥珀は落ち着かない気分だったが、午前中の診療があるため集落へ向かい、その間に伽羅が客を迎える準備を整えた。

落ち着かないながらも、午前中の診療を終え、涼聖と琥珀は家に戻ってきた。そして伽羅が準備してくれていた昼食を手早く取る。

その間、特に会話はなかった。

このあと、ちゃんと相手が来るのか、来た場合どうなるのかが心配だったからだ。

力が弱いふりをしていても、もしかしたらそれは装っているだけかもしれない。

その場合、人間である涼聖はおそらく一番の弱点となるだろう。

――白狐さんは九尾だし、伽羅も七尾、いざとなればその二人で結界張って時間稼ぎくらいはするだろうけど……。

二人の力でどの程度の相手とやりあえるものなのかは分からないが、時間稼ぎをしている間に本宮からの応援を頼むくらいのことはできるだろう。

どんな状況になっても手を打てるように、そのあたりのことを伽羅が怠っているとは思えない。

普段、琥珀をめぐっては相変わらず挨拶代わりのような小競り合いをすることはあるが、涼聖は伽羅のことを信頼している。

——恋敵とかって言ってる俺のこと、咄嗟《とっさ》に庇うような奴だしな……。

龍神とやりあった時、涼聖を庇って伽羅は大怪我をしている。そして、伽羅が庇わなければ、涼聖は今、ここにいないだろう。

そんなことをぐるぐると考えていると、ふっと琥珀と伽羅、そして白狐が同時に動いた。

「来たのか?」

涼聖が問うのに、三人が同時に首を縦にする。それからややして、玄関から声が聞こえた。

「どなたか、いらっしゃらぬか」

低い、ひび割れたような声だった。

その言葉に涼聖が腰を上げかけたが、それを制して伽羅が立ち上がった。

「俺が行きます」

伽羅は玄関へと向かい、ほどなく人を連れて居間に戻ってきた。

古ぼけた服を着た、人間で言うならば五十歳になるかならないかといったくらいの年齢の男だった。

「座るがよい」

白狐が座るよう勧め、男は準備されていた座布団に腰を下ろした。

「まずは、刻限通りじゃな。……我は白狐。京都の本宮にて長を務めておる」

「稲荷と名乗るほどではない私ですが、そのお名前は、よく存じ上げております」

男が返す。意外にも礼儀正しい様子に思えた。

「単刀直入に問おう。そなた……いや、そなたらと言ったほうがよいじゃろう。なにゆえ、陽に関わりを持とうとしておる。それも、夢に通うようなやり方で、極秘裏に」

男は黙したまま、返事をしようとしなかった。

数十秒の沈黙の後、口を開いたのは伽羅だ。

「あなたの気配を追い、何者であるかを特定するのは簡単なこと。……お身内に累を及ぼしたくなくば返事を」

高圧的に聞こえる口調で脅した。

それに伽羅の本気を見て取ったのか、男は口を開いた。

「私どもは、こちらの若様の血筋のものです」

「若様というのは陽のことじゃな」

「はい」

「血筋ということは、陽は稲荷の血筋か」

白狐が確認する言葉に、琥珀が戸惑った様子を見せるのが分かった。

陽の両親は普通の狐だったはずだ。

涼聖は琥珀からそう聞いているし、陽もそう話していた。

実際、普通の狐を両親に持ちながら、稲荷の力を持つものが生まれることは稀にだがあることで、陽もそうなのだろうと判断されていた。

「我らは、祥慶《しょうけい》と申す稲荷の筋の末裔。若様もそのお血筋のお一人でございます。ただ、稲荷の力を引き継ぎ生まれるものは少なく、大半はただの狐としてしか生まれませぬ。若様は一族では追跡しきれぬほどの隔世遺伝でお生まれになった方」

初めて聞く話に、涼聖も琥珀もどう受け止めていいか分からなかった。だが、白狐は静かに先を続けた。

「追跡しきれぬ、ということは、陽の存在は知らなかったということじゃな。なのに、なにゆえ今になり血筋を追ってきた。偶然、陽のことを知ったのか?」

「……いえ。実は、我らの血筋は絶える寸前なのでございます」

男はそう言い、少し間を置いてから言葉を続けた。

「我らの血筋は、秘術を受け継ぐのは一族の長より、これと見込まれた者のみという、いわば一子相伝《いっしそうでん》にも近い継承の仕方をいたしておりました。ただ、当代が若くして命を落とされ、今は先代が復帰しておいでです」

「……じゃが、その先代もある程度の年齢であろう。一度は身を引くと決めたのであろうからな」

白狐の言葉に男は頷いた。

「はい。それゆえ、後継《あとつぎ》を探しました。もともと力を持って生まれる者が少ないこともあり、困難を極めましたが、その際にこちらの若様の存在に行きあたったのです。しかしこちらの若様より年長で、先代、当代に血の近い稲荷がおりましたので、その者に跡を、ということで決まっていたのです」

「その稲荷に何かあったか」

「……それが、突如姿を消してしまわれ…、今もまだ見つかってはおりませぬ。そのことで先代は力を落とされ……さらには病の床に。そのため急いで後継が必要になり、若様にと」

男の話で、血縁だから力がさほどなくとも夢に通えたのかと琥珀たちは納得した。

夢に通って、陽と接触しようとした理由も。

だが、納得したことが、承伏したことには到底繋がるわけがない。

それが顕著だったのは、涼聖だ。

「おまえらが陽の存在を最初に知ったのはいつだ」

「……まだ、若様がこちらの家にいらっしゃる前…、母君が亡くなられて間もなくのようで、若様はよく泣いておいででした」

それを聞いて涼聖はキレた。

「それじゃ何か？　おまえらは琥珀が困窮《こんきゅう》してたのを知ってて、見て見ぬふりをしてたってことだよな？　それで今さら陽を引き取りたいとか、調子のいいこと言ってんじゃねぇ！」

怒鳴り声に男は身を竦めたが、

「先ほども申し上げましたが、我らが一族は一子相伝。それゆえ、後継が二人いては余計な災いを呼びます。仕方のないことでした」

そう説明とも言い訳ともつかない言葉を口にする。しかし、

「仕方ないですむか！」

涼聖の怒りが収まるはずもなかった。

それに男は口を閉ざし、居間には重い沈黙が横たわった。

その沈黙を破ったのは、琥珀だった。

「陽にはまだ、稲荷としての学びはほぼ何もさせておらぬ。その状態の陽に術を伝えても、負担にしかならぬし、私は陽を手放す気はない」

きっぱりと言い切った琥珀に、男は何か言おうとしたが、

「陽は既に我と縁を結んだ者。その縁を無視し、ことを進めるとなれば、本宮の長として応じねばならぬ」

白狐が勝手をするな、と釘を刺した。

男は黙ったままでいたが、その姿の輪郭が徐々に崩れ始める。

「……おい……」

涼聖が戸惑って声をかけたが、人の姿は崩れ、そこには一匹の狐が残った。

「……私には、本来、人の姿を取る力はありませぬ。先代よりいただいた呪符にて姿を保っておりましたが、ここの結界が強く……」

「呪符が尽きたのじゃな」

白狐の言葉に狐は頷いた。

「残った血筋は数も少なく、私以下の能力の者がほとんど。このままではこれまで守ってきた秘術のすべてが先代の命とともに消えてしまいまする。それゆえなにとぞ若様を……」

狐は頭を垂れて言い募るが、

「さっきも伝えたが、陽は術をどうこうできる段階ではない」

改めて琥珀は返した。

狐はしばらく黙した後、顔を上げ、琥珀を見た。

「ではせめて、若様のものを何かいただけぬでしょうか？」

「何のために」

「病に伏せっておいでの先代に、若様の気配だけでも感じさせてさしあげとうございます」

その言葉に嘘はなさそうだったが、琥珀は伽羅と白狐を見た。

伽羅は何か懸念しているのか渋い顔をしていたが、白狐は琥珀に任せる、とでもいう様子でただじっと琥珀を見た。

琥珀はやや逡巡した後、立ち上がり、陽の部屋へと向かった。

そして戻ってきた時、その手には陽のハンカチがあった。

「これが陽のハンカチだ」

「かたじけのうございます。……若様のことは諦めることはできませぬが、今日はもはや私の力も持ちませぬゆえ、これで失礼させていただきます」

狐はそう言うと渡されたハンカチを口に咥え、そのままかき消えるように姿を消した。

「おい、消えたぞ……」

涼聖が眉根を寄せる。

「消えたというか、帰ったんですよ。一族の根城はちょっと遠いみたいですしね」

伽羅が言うのに、

「気づかれず、探れたでおじゃるか？」

白狐が聞いた。

「バッチリです。あの狐、嘘は言ってませんねー」

どうやら話し合いの途中から伽羅が黙っていたのは、あの狐の気配を逆に辿っていたからのようだ。

「先ほどの者も言っておったが、これで終わりというわけではないじゃろう。長年一族だけで培ってきた術法を守ってゆきたいという気持ちは分かるでおじゃる。しかし、陽にはまだまだ無理な話……」

「それに、急に消えたっていう後継者の稲荷のことも気になりますしねー」

「後継ぎになるのを嫌って逃げたということも考えられるとは思うが……」

琥珀が思案げに言うのに、白狐も頷いた。

「それ以外の理由も充分に考えられる。……おいおい調べるしかあるまい。まあ、初回の顔合わせとしては上々であろう」

その言葉に琥珀と涼聖は頷いたが、涼聖は漠然とした不安を抱えていた。

◇◆◇

月草の神社の神域に来ている陽は、その頃、明日に控えた祭りの準備に忙しいみんなの手伝いをしていた。

「おとどけものでーす」

両手でお供え物を載せる三方を、言われた部署に運んできた陽は、月草が見立てた子供用の水《すい》干《かん》姿だった。

到着してすぐは月草が言っていたとおり、傍らにいて仕事をする月草の応援をしていたのだが、祭りを明日に控えた月草は祭祀《さいし》に入ることも少なくない。

さすがに、その場に陽を帯同するわけにはいかず、陽は月草の部屋で待っていなくてはならないことが多い。

最初のうちは大人しく待っていたのだが、みんなが忙しく働いている中――阿雅多と浄吽も警備の確認などに追われていた――、何もせずに月草を待っていることに罪悪感を覚えた。

「つきくささま、ボク、みんなのおてつだいしたいです」

三度目の祭祀から戻ってきた月草に、陽はそう切り出した。

月草は「わらわをこうして励ましてくれればそれでいいのじゃ」と言ったのだが、「みんながいそがしいのに、ボクだけじっとしてるの、ダメだもん」と、少し俯き、月草が折れた。

折れたのだが、お手伝いをしてくれるならば、と月草はいそいそと陽のために準備していた衣装をあれこれ取り出し、ひとしきり着せ替えを楽しみ、陽を手伝いに送り出した。

「おやつの時は戻っていらっしゃれ。ともにゆっくりと過ごしましょうな」

「うん！　そのときに、つきくささまのおかた、たたいてあげるね。じゃあ、いってきまーす」

手を振ってお手伝いに出ていく陽を、月草は「ああ、愛らしい……」とその後ろ姿が見えなくなるまで見送っていた。

こうして陽はお手伝いに入ったわけだが、ときどき、月草に誘われてこの神社にやってくる陽は既に知られた存在で、女官たちの間でもアイドル的な存在だった。

「陽殿、お疲れ様です。おかげで助かりますよ」

三方を受け取った女官に労われ、陽は笑顔になる。

お手伝いをすることは、嫌いではない。

むしろ、役に立てていることが嬉しい陽である。

「もっとおてつだい、することないですか?」

にこにこと笑顔で問う陽に、女官たちは「愛らしい」「ああ、なんと愛らしい」とプチ月草化しつつ、では、と簡単な手伝いを頼む。

いろいろなところでちょこちょことお手伝いをしていた陽は、月草の身の回りの世話をしている女官が、「月草様が休憩にお戻りになりましたので、おやつにしませんか」と呼びに来たため、月草の部屋へと戻った。

部屋では月草がおやつの準備を整えた机の前に座して陽を待っていた。

「つきくささま、ただいま!」

「おかえり、陽殿。たくさんお手伝いしてくれたのじゃなぁ。女官たちが助かっておると言っておったぞ」

月草に言われて、陽は少し照れたように笑む。

「えっとね、にょかんさんのおにもつはこぶのおてつだいしたり、さんぽうをもっていったりしたの」

陽の報告を、月草は目を細めて聞く。

「それはそれは。陽殿はほんに働き者でおいでじゃなぁ。ささ、疲れたであろう？　おやつを召し上がれ」

月草に勧められ、陽はおやつに目を向ける。

準備されていたのは和菓子だったのだが、鳥の形と、猫の形、それから花の形をしたものだった。

「わぁ……かわいい！　いただきます」

手を合わせてそう言った陽だが、菓子切り楊枝を手に悩み始める。

「たべるのもったいない……。でもおいしそう……」

うーん、と三つを見比べて悩んだあと、陽は月草を見た。

「つきくささまは、どれからたべる？」

「わらわはそうじゃなぁ、この花からじゃな」

「じゃあ、ボクもそうする」

陽はそう言うと、花の形の和菓子に楊枝《ようじ》を刺し、切り分けて口に運んだ。

「あまくて、おいしい……」

嬉しそうに笑う陽の姿だけで、月草は胸がいっぱいになる。

「陽殿は、ほんにおいしそうに召し上がる……」

「だって、すごくおいしいもん」

陽はそう言ったあと、不意に思い出したように聞いた。

「あしたのおまつりは、おおきなおまつりなの？」

「そうじゃな。季節ごとにある祭りの一つじゃ。この冬の祭りの後、少し置けば新年の祭りになるゆえ、この時季は少し忙しいが、それが終われば少しゆっくりとできる」

「じゃあ、いっぱいおきゃくさまがくるの？　えっと、びゃっこさまみたいなかみさまとか、あとはごきんじょのおじいちゃんとかおばあちゃんとか」

陽の生活圏内で行われる祭りは、今は集落の祭神の夏祭りと秋祭りだけだ。それも規模は小さくて、神社に幕などの飾り付けがされていつもより多くの人がお参りをする程度のことなのだ。

だが、それだけでもいつもとは雰囲気が違って、祭神も普段よりも嬉しげにしている。

「多くいらっしゃるなぁ。明日からは出店もあるゆえ、神社に参らずとも、それだけを楽しんで帰る者も多いが」

出店と聞いて陽は目を輝かせた。

「でみせがあるの？　りんごあめとか、たいやきとかもある？」

「此度も絶対にとは言えぬが、例年出ておるゆえ、あるとは思うが。その他にもフランクフルトやアメリカンドッグとかいう洋風の食べ物や、カルメ焼きもあったのう……」

月草が次々に出してくる食べ物の名前に、陽の目がうっとりとしてくる。

「フランクフルト…アメリカンドッグ……」

「陽殿、今夜はこちらに泊まって、明日、出店を見てから帰らぬか？」

陽の様子から、おそらく出店が気になっているのだろうと簡単に見て取った月草はそう声をかける。

「つきくささま、いいの？　いそがしいのに、ボクがとまったら、じゃまにならない？」

それでも陽は、まず月草の用事を最優先に聞いてくる。

「大丈夫じゃ。むしろ陽殿がいてくれたほうがわらわは元気になれるゆえなぁ」

「じゃあ、おとまりしたい！　こはくさまが、いいっていったら、おとまりさせてください」

陽が言うのに、月草は頷いた。

「では、早速琥珀殿に連絡をしてみまするか」

月草はそう言うと、文机から和紙と筆を取りだし、ささっと文をしたためる。そして立ち上がり、廊下に面した障子戸を開けると、空中に指先で呪を描いた。

すると間もなく空から一羽の大きな鳥が飛んできて、廊下の欄干《らんかん》に止まった。

「……ハヤブサさんだ…」

陽は目を見開いてハヤブサを見た。

「そうじゃ。鳩より早く飛べるゆえ。この文を琥珀殿のもとへ、頼んだぞ」

月草はハヤブサの足に文を取りつけた。それにハヤブサは二三度羽ばたくと欄干から足を離し、空へと舞い上がった。

「夕餉の前には、返事を持って戻って参る。琥珀殿が許してくだされればよいなぁ」

その月草の言葉に、陽はうん、と頷いて、

「もし、こはくさまがいいっていったら、なにかおうかな……たいやきもたべたいし、フランクフルトもたべたいし……でも、ベビーカステラもたべてみたいの」

明日の出店で買う物の算段を早速始める。

その様子を月草は満足げに見つめつつ、英気を養うのだった。

6

琥珀から許可が下り、陽は月草のところに泊まった。

そして翌日、陽は出店が揃った昼過ぎから、神域の外で出店を楽しむことにした。

「陽殿、忘れ物はないか？」

訪問客の相手をする合間に戻ってきた月草が、陽が出かける準備を確認する。

「うん。ハンカチでしょ、ティッシュでしょ、それから、おさいふ」

集落の老女が手作りしてくれたポシェットから陽は準備したものを一つずつ出して確認する。

「しっかり準備ができて、陽殿は本当に賢いお子じゃな」

月草は出されたそれをまたポシェットにしまいながら、最後に陽のガマ口の財布に百円玉を十枚と千円札を一枚入れた。

「これは、昨日、お手伝いを一生懸命してくれたお礼じゃ」

「つきくささま、いいの？　こんなにたくさん！」

陽の財布には、基本的に五百円以上のお金は入っていない。

集落にいる時、陽は基本的にお金を使うことはないし、街で買い物をする時も琥珀たちが一緒なので、よほどの時以外は自分でお金は使わない。

だが、もし迷子になった時に連絡を取ってもらったり、一人でバスで集落まで戻ったりしなくてはならなくなることがあるかもしれないので、もしもの時用の小銭が入っているのだ。

そのため、二千円という金額は陽にとってはかなりの大金だった。

「陽殿は賢い子ゆえ、あれこれ無駄遣いせず、ちゃんと考えて買い物ができるであろう?」

「うん！　こはくさまがいつも、ほしいものがたくさんあっても、ちゃんとギンミしてかいなさいって」

吟味、の意味は分からないが、欲しいものを欲しいだけ買ってはいけない、ということだけは陽にも分かる。

「そうじゃな。それが分かっておれば大丈夫。それから、お守りは持っておるか?」

月草に聞かれて陽は首から下げた貝笛をシャツの下から出して見せた。

もちろん、白狐からもらったお守りもついたままだ。

「何かあれば、すぐにそれを吹くのじゃぞ。……滅多な者は出入りしておらぬと思うが、今日は阿雅多も浄吽も忙しくしておるから、陽殿につけることができぬゆえ」

本当はどちらかをつけることにしていたのだが、昨夜から交代任務に就く予定の他の狛犬が体調を崩して、そのフォローをすることになり、できなくなったのだ。

陽一人を出店に向かわせるのは、普通に子供一人を、という不安もある。

だが、出店が出ている通りは鳥居の外とはいえ、充分月草の力の及ぶ範囲内だ。何かあればすぐに駆けつけることはできるため、出かけさせることにした。

「うん、きをつける」

「では、楽しんで参られよ」

月草はそう言うと控えていた女官に目配せをする。女官は頷くと、

「出口までお送りいたします、参りましょう」

陽を連れて月草の部屋をあとにした。

こうして一人で神域を出て人界に戻った陽だが、月草の神社は初めて来た時のように人がいっぱいだった。

参拝客の中には既に出店で何か購入した者がいて、彼らが手に持つものを見て、陽はわくわくする。

──あれ、とうもろこしだ。あっちはわたあめ……あのこがもってるのはべっこうあめ…。

きょろきょろしながら鳥居まで来ると、阿雅多と淨吽が神社の敷地内に入ってくる参拝客を監視しているのが視えた。

他の参拝客たちには狛犬の像しか見えていないだろうが、それぞれの像の傍らに阿雅多と淨吽が立っているのが陽には視える。

『坊主、行くのか』

阿雅多が陽にだけ聞こえる声で話しかけてきて、陽は頷く。

『陽殿、お気をつけて』

浄吽もそう言ってくれて、陽は二人に笑顔で手を振り、鳥居の外に出た。

外に出ると、そこから両脇にずらりと出店が並んでいる。

焼き鳥の香りに、焼きそばのソースの香ばしい香りなど、いろいろな匂いと、活気が伝わってきて、陽のテンションは急激に上がった。

――なにたべよう……！

欲しいものはいろいろあった。

だが、琥珀に「ちゃんと吟味して買いなさい」と言われているので、とりあえず陽はぐるりと一回りしてなにが売られているのかを見て、買うものを決めることにした。

――ヤキソバおいしそうだけど、おうちでもたべられるし……、フランクフルトは、コンビニでもうってるし……。

ここでしか手に入らないもの、を買うことにして、陽は頭の中で算段をつけていく。

そして、ぐるりと一周した後、目当てのものを買う。

まず最初に買ったのはタコ焼きだ。小さな舟の五個入りを買い、それを出店の主人の許可を得て、出店の横の空いたスペースで食べさせてもらう。

「……おいしい！　たこさんおおきい！」

一つ食べて、陽は嬉しくなって、店主に感想を述べる。

「そうか、よかったな」

焼く手を止めないまま、だが店主は嬉しそうに言う。陽のおいしい、という声を聞きつけてか、近くにいた客がタコ焼きの購入を決め、買っていく。

その合間も陽はおいしそうにタコ焼きを口に運び、それを目にした参拝客たちが、次々に買い求め始める。

単純に陽の食べる姿がおいしそうだったからか、それとも無意識のうちに発せられた商売繁盛の稲荷としての力なのか、陽が食べ終わる頃には、ちょっとした列ができていた。

「おじさん、ごちそうさまでした。ばしょ、かしてくれてありがとう」

陽はお礼を言って出店を離れ、次に気になっていた量り売りの金平糖の店に向かった。

いろんな味のものを少しずつ買って、それを口に運びながら向かったのは、タイ焼きのお店だ。ここでも陽は出店の横で食べさせてもらい、「しっぽまであんこいっぱい！」「おいしい」とにこにこしながら店主に感想を述べ、陽が食べ終わる頃には店に行列ができるというタコ焼き屋と同じ展開になっていたが、陽はまったく気づかず、次の店に向かう。

次の店は輪投げだ。

陽は参加はしないが、他の客が挑戦する様子を見て楽しんだ。

そうやって半周し、また神社に向けて今度は通りの反対側の出店を見て行こうとした時、陽の目に、クエスチョンマークが乱舞した「ふしぎ屋」という看板のつけられたテントが見えた。

「ふしぎ…なんだろ？」

漢字が読めないので、ひらがなの部分だけを呟きながら、陽は、さっき一度見回った時にこんなテントあったかな、と記憶を探る。

その時、テントの前にいた、頭の右にひょっとこ、左におかめのお面をつけた変わった格好の男が陽に話しかけてきた。

「これはこれは可愛い坊ちゃんだ。中を覗いていかないかい？」

その言葉に陽は戸惑った。

何の店なのか、興味はある。

だが、入場料がいくらか分からないし、残らないものにお金を使うのは、なんだかもったいない気がした。

なぜなら、まだこのあと、イカ焼きとカルメ焼きを買うつもりでいるからだ。

「おこづかい、だいじにしないといけないから」

陽は断ったが、

「今日、最初のお客さんだ。ただでいいよ」

男はそう言うとテントの幕を上げた。

「ほら、おいで」

ニコリと笑って男は誘う。

陽は迷ったが、好奇心に負けてテントの中に入った。

テントの中は薄暗く、ところどころに青の蛍光色のライトがぼんやりと光っていたが、奥へと奥へと長く続く通路のようになっていた。

「こんなにおおきいテントじゃなかったのに……」

「不思議だろう？　だから『ふしぎ屋』って言うんだよ。さあ、ぼっちゃん、奥へ」

陽気な声で言う男の言葉で、あの「屋」という漢字は「や」と読むのか、なんて思いながら陽は歩き始めた。

だが、歩いても歩いても通路は長く続いて、陽はどうしようもなく不安になった。

そしてとうとう途中で足を止め、

「ごめんなさい、やっぱりかえります」

陽はくるりと踵を返し、来た通路を戻り始めた。

「若様！」

だがすぐに男が追ってきて、陽の腕を摑んだ。

その瞬間、陽が首から下げていた白狐のお守りから、以前のように小さな電気が走って男の手で弾けた。

それに男は一瞬怯んだが、摑んだ陽の腕を放すことなく、さらに強く摑んだ。

「やだ！　かえる！」

陽は必死になって男の手を振り払おうとしたが、大人の力に敵うわけがなかった。

「なりません、若様！　若様には、お戻りいただかねば！」

男は繰り返し炸裂する電撃に顔をしかめていたが、強引に陽を抱きかかえた。それと同時に、白狐のお守りが尽きたのか、電撃がやんでしまった。

「やだ！　はなして！」

陽は暴れて逃れようとしたが、男は陽を抱きかかえたまま、通路をさらに奥へと進んでいく。

——どうしよう、どこかへつれていかれちゃう。

そう思った瞬間、陽の脳裏に浮かんだのは、いつも陽を優しく見守ってくれている琥珀の顔だった。

——こはくさま……！

もし、このまま連れていかれたら、もう二度と琥珀と会えなくなってしまうかもしれない。

そう思った途端、陽の中から恐怖と不安が一気に湧き起こり——それが陽の内包する力を解放した。

「やだーーー！」

陽の叫びとともに、稲妻のような光が炸裂し、陽を抱きかかえる男を弾きとばした。

その光は異空間を突き破るほどのもので、陽の放った力は人界に雷を引き寄せていた。

突然の落雷に周囲の空気が割れるような凄まじい雷鳴が響き渡ったが、幸い、テントのあった場所は本来空き地だったらしく、被害はなかった。

「坊主！」

茫然とする陽の耳に聞こえたのは阿雅多の声だった。

「あにじゃさん……」

駆け寄ろうとする阿雅多に、

「兄者、先に結界を！」

後を追ってきた淨吽が叫び、その言葉に阿雅多は淨吽とともに陽と、そして陽の周囲に倒れ込んでいる複数の狐をすべて覆う形で結界を張り、人界とを隔てた。

「何、いまの雷……」

「すぐそこに落ちたみたいだったわねぇ」

結界の外では参拝客たちの声が聞こえていたが、何が起きたかまでは把握できていない様子で、さらには結界を張った空き地には近づこうとしなかった。

行こうと思えない、近づこうと思えない。

それが、人に対する結界の力でもある。

「坊主、大丈夫か？　怪我はないか？」

無事に結界を張り終えたことを確認した阿雅多は陽へと駆け寄った。

陽の気配が消えたことに最初に気づいたのは月草だった。

だが祭礼中で動けず、すぐに阿雅多と浄吽に探らせていたため、陽を助けに来られたのだ。

「あにじゃさん……」

「もう大丈夫だ、帰……」

帰ろう、と、阿雅多が陽を抱きあげようとした時、稲妻を呼んだ陽の力が体に触れた阿雅多に向けて炸裂した。

「うあっ！」

その一撃で阿雅多の体は大きく飛ばされ、地面に倒れ込んだ。

「あにじゃさん！」

「兄者！」

陽は阿雅多が心配で駆け寄ろうとしたが、その時、自分の手が光っているのに気づいた。

いや、手だけではなく足も腕も目に見える自分の体のすべてが黄色と青の混ざった陽炎のような光を纏っていた。

「なに…これ……」

困惑する陽の耳に、小さく呻く阿雅多の声が聞こえ、そちらに視線をやると、倒れ込んだ阿雅多の服は裂け、怪我をしたのか血が地面に広がっていた。

「あ……、ボク…、ボク」

自分に触れたせいだ、と陽にはすぐ分かった。

さっき、無理矢理自分を連れていこうとした男に放った力が、時間を経つごとに勝手に大きくなって、今はもうさっきとは比べ物にならない強さになっているのだ。

しかも陽にはそれを制御することができなかった。

制御したくても、どうしてそんなことになっているかが分からないのだ。

——どうしよう、ボク……。

「陽殿！　阿雅多、浄吽！」

その時、結界の中に月草が飛び込んできた。

異変に気づき、祭礼を切りあげ駆けつけてきたのだが、一目で陽の状態は尋常ではないと見て取れた。

そして、月草自身には手を打つ術がないことも。

——なんということじゃ……。

絶望にも似た思いを抱きながら、月草は即座に琥珀に呼びかけた。

——琥珀殿、失礼を承知で直接呼びかけまする。陽殿の様子がおかしいのです、すぐこちらへおいでを……！——

鳩やハヤブサに文を持たさずとも、直接やりとりをする術はいくつかある。

水晶玉を介しての会話もその一つだし、今、月草が行っている『心話』もそうだ。

だが、『心話』は親子や夫婦、兄弟といったよほどの親しい相手でなければ行うことはない。

それを理解していたが一刻の猶予もなく、月草は琥珀に呼びかけたのだ。

琥珀がそれにすぐに答えて来てくれるかは、賭けだ。

そして、琥珀が来るまでの間、月草はただ待つことはしなかった。

無駄なことかもしれないのは百も承知で、月草は懐から短刀を取りだすと自身の髪をひと房摑みその先を少し切った。

そしてその髪に息を吹きかける。

月草の髪はいくつもの輝く光の玉になり、陽を取り囲むようにすると、陽の力を抑えるように陽自身を包み込もうとした。

だが、その次の瞬間、光の玉はすべて割れ、その破片がガラスのように飛散して月草や阿雅多、浄吽へと振りかかった。

「……やはり無理か…っ！」

纏っていた着物で振りかかる玉の破片を防ぎながら、月草は歯がみする。

その次の瞬間、結界内に琥珀、涼聖、伽羅、そして白狐が飛び込んできた。

「こはくさま……りょうせいさん……」

陽は泣き出しそうな顔で琥珀と涼聖を見る。

琥珀たちは思いもしなかった陽の様子に一瞬戸惑った。

なにがあったのかは分からないが、陽をこのままにしておくことはできないということだけは理解できた。

「陽、じっとしていなさい」

琥珀はそう言うと、陽を助けようと歩み寄った。

「琥珀殿、危険でおじゃる」

白狐が咄嗟に止めたが、琥珀は足を止めようとしなかった。

近づいてくる琥珀の姿に、陽は泣きたい気持ちになる。

だがそれと同時に、さっき阿雅多を傷つけてしまったことを思い出した。

——ダメ、こはくさままで、けがさせちゃう……!

そう思った陽は琥珀から逃げるように結界の外へと向かった。

今、ここで張られている種類の結界の外へ向かうことは、本来、不可能だ。

結界を張った者と、出ようとする者の力の差が顕著である場合や、結界が不完全である場合には可能だが、それでも無傷というわけにはいかない。

それを可能にしたのは、白狐でさえ知る限り——常に可能かどうかは分からないが——、不感症の涼聖だけだ。

だから、稲荷としての力にまだほとんど目覚めてはいない陽には、逃げようがないはずだった。

しかし、陽の体は結界をすり抜け——その瞬間、結界が消えた。

「結界が、なぜ……」

月草が茫然と呟く。

「伽羅、すぐ結界を！」

白狐がすぐさま命じ、伽羅は答えるより早く新たな結界を設けた。

倒れている阿雅多や、意識を失ったままの狐たち、それに祭礼の装束の月草の姿を人に見せるわけにはいかないからだ。

「今の陽は普通ではない。結界を張った阿雅多が倒れ、結界が揺らいでおったのやもしれぬ」

白狐は言うが、

「その分析はあとだ、俺は陽を追う。外に出してくれ」

涼聖は陽が心配でそう訴えた。

「少し待ってください」

伽羅は言うと、阿雅多と淨吽、そして倒れている狐たちを別々の小さな結界で覆う。そしてその間に月草は自身の身を人の視線から隠す術を使った。それを確認してから伽羅は白狐に言われ咄嗟に張った結界を消した。

「行ってください！」

伽羅の言葉に琥珀、涼聖、白狐、そして月草が陽が逃げた方向へと一斉に走り出す。

残った伽羅は、怪我をした阿雅多と手当てをする淨吽を結界ごと月草の神社へと移動させた。

神社の敷地内にさえ入ればあとは淨吽で何とかできるはずだからだ。

そして残った狐たちを冷たい視線で見下ろした。

一頭の手には、あの日、琥珀が渡した陽のハンカチがあった。

「……まったく、よく欺いてくれたもんですね。おまえたち、タダで済むと思わないで下さいよ」

吐き捨てるように言ったあと、伽羅は狐ごと結界をどこかへ消し、琥珀たちを追った。


陽はよく分からない道を必死で走った。

陽が逃げたのは、月草の神社へ続く出店のある通りではなく、人気のない空き地の裏手の細い路地から、月草の神社の鎮守の森へと続く道だった。

――どうしよう、どうしよう……。

逃げる陽の頭の中は、それでいっぱいだ。

倒れ込む血だらけの阿雅多の姿が脳裏から離れない。

――坊主、元気にしてたか？――

会うたびにいつも笑顔で阿雅多は聞いてくる。陽を「坊主」と呼ぶのを、何度か浄吽にたしなめられていたが、改まる気配がないので、浄吽ももはや黙認になっていた。

そして、陽は、阿雅多に「坊主」と呼ばれるのが好きだった。

理由はよく分からないが、なんだか好きだったのだ。

その阿雅多を、傷つけてしまった。

――たすけてくれようとしたのに……。

そう思うと悲しくてつらくて、琥珀のこともきっと同じように傷つけてしまうと思うと、逃げるしかなかったのだ。

だが――、

「陽、待て！」

後ろから涼聖の声が響いた。それに距離を測ろうと走りながら振り向いた陽は、愕然とした。

自分が走った鎮守の森の獣道を、覆うように生えていた草木が枯れていたのだ。

何が起きているのか分からなかった。

だが分かるのは、今の自分に関われば、みんなに迷惑をかける、ということだ。

だから逃げるしかないのだが、子供の足と大人の足では進む速さが違う。

追ってくる琥珀や涼聖たちとの差はどんどん縮まっていく。

――もっと、いそがなきゃ！

陽は前を向き、足を急がせた。

だが、急ぐあまり木の根に足を取られた。

「あっ！」

走る勢いのまま、陽はしたたかに地面に体を打ちつけた。

その衝撃は大きく、陽はすぐに立ち上がることができず、琥珀たちに追いつかれてしまった。

「陽、怪我はないか？」

数歩の距離のところで琥珀が足を止め、陽の様子を窺う。

その間も、倒れ込んだ陽の周辺の草木は一気に枯れていく。それに反比例するように、陽が纏う青と黄色に揺らめくオーラは大きくなり――陽の体の輪郭がぼやけ始めた。

「陽の力が暴走しておる……。触れたものや、周辺の生命を勝手に吸い上げておるな」

その言葉に琥珀は戦慄した。

強すぎる力は、毒だ。それを昇華させることができなければ害にしかならない。

だからこそ、伽羅は八尾になる実力を持ちながら、昇華させるという無駄を嫌い、七尾のままでいるのだ。

そして陽には昇華などということができるわけがない。

「このままでは陽の器がもつまい」

白狐はそう言うと、覚悟を決めたような顔をした。

力を暴走させた稲荷を抑える術は、力尽く、という手段しかない。

だが、それは決して双方が無事ではすまない術だ。

ちゃんとした「稲荷」として器を作りあげている者でさえそうなのだ。幼い陽が耐えきれるとも思えなかった。

それを承知で、白狐は陽を抑え込むつもりなのだ。

でなければ、器である魄が壊れた瞬間、一気に魂に負荷がかかり、陽のすべてが失われる。

その前に抑え込めればたとえ魄が壊れても、魂だけは守れる。

魂が守れれば――まだ、可能性はある。

白狐の考えていることは、琥珀と月草にはすぐに分かった。

白狐がすぅっと息を吸った瞬間、

「琥珀！」

叫んだ涼聖の目の前で、琥珀は陽を抱きしめた。

その瞬間、陽の炸裂する力が琥珀の体を傷つけていく。纏う服が裂け、血が飛んだ。

「こはくさま！　はなして！　だめ！　はなして！」

陽が泣き叫ぶ。

だが、陽を抱きしめる琥珀の手が緩まることはなかった。

「ちがでてる！　こはくさま！　だめ！」

逃げようと陽は身をよじる。だが、琥珀はそれすら抑え込んだ。

「陽、大丈夫だ。そなたは私の大事な子……。他の誰にも渡しはせぬし、誰のところにも行かせはせぬ」

「……こはくさま…」

「そなたは、私とともにいれば、それでよいのだ」

静かだが強い声で言われ、陽は号泣した。

「こはくさま……、こはくさま！」

逃げようとしていた陽の体から力が抜け、小さな手が縋るように琥珀の背に伸び、きゅっと琥珀の服を摑む。

それと同時に、暴走していた陽の力が鎮《しず》まった。

「……はる…」

囁くような声で、琥珀が陽の名を紡ぐ。

だが、そのまま崩れ落ちるように、琥珀は陽を抱いたまま、意識を失った。

7

洟《はな》をすすり、しゃくりあげる声が聞こえた。

「そんなに泣かないでいいんですよー」

次に聞こえたのは、慰める伽羅の声だ。

「でも…っ…。…ックの、せい、だも……っ…」

——ああ、泣いているのは陽か……。

琥珀はすっと意識を浮上させ、目を開けた。

最初に目に映ったのは、見慣れた自室の天井の木目。

そして、少し視線を傾けると、枕元で目を真っ赤にして泣いている陽がいた。

「…は、る……」

寝起きで、少し声が出づらかったが、その声に陽は大きく目を見開き、それから号泣した。

「こはくさま……！　…っ……こはく、さま、…ごめ…っ…なさ……、ボク…せい……、こはく…ま、ケガ、して……」

しゃくりあげながら陽が謝るが、琥珀には、にわかには何についての謝罪なのか分からなかった。

「……琥珀、大丈夫か？　気分は？」

反対側の枕元に座していた涼聖が問いながら、そっと琥珀の手首を取り、脈を確認する。

「…大丈夫だ……」

「取り急ぎ、傷はすべて塞いでおるが、今日明日は安静にしておじゃれ」

涼聖の傍らにいた白狐が告げる。

「傷……」

「月草殿の神社から、こちらにお運びしてすぐ、白狐様が」

伽羅が説明を添えて、ようやく曖昧だった琥珀の記憶がはっきりしてきた。

陽の暴走を抑えようと――抑えられる自信があったわけではなかったが、とにかくあの時、陽をあのまま一人にさせたくはなくて、抱きしめた。

「陽、そなたが無事でよかった。……そなたは何も悪くない。自分をそのように責めずともよいのだ」

重だるい腕を伸ばし、涙で濡れた陽の頬に指先で触れる。

「こはくさま……」

伸びてきた琥珀の手を、陽が両手でしっかり摑む。その温かさに、琥珀は微笑む。

「……琥珀殿、一つ、伝えなければならぬことがある」

その琥珀に、白狐は静かに切り出し、伝えた。

「……そなたの四本目の尻尾じゃが、消失したでおじゃる」

不思議と、それを聞いても琥珀の心は波立たなかった。

「そうでしたか」

ただ、そうかと思っただけで、そのままを言葉にしたのだが、

「ごめんなさい……ボクのせいで…」

陽は琥珀の手を握ったまま、また泣いて謝る。

「陽、さっきも言ったが、陽のせいではない。それに、陽を守れたのであれば、尻尾の一本や二本、どうということはないのだ」

それは強がりでも、なんでもなく、本心だ。

陽を失いたくない。

あの時、琥珀の心を占めていたのは、その思いではなかっただろうか。

その陽を失わずにすんだ。

引き換えが尻尾一本ならば、安いものだ。

「こはくさま……！」

陽が顔をぐしゃぐしゃにして、再び号泣する。

陽の隣に座した伽羅が、陽の背中を宥めるように繰り返し何度も撫でる。

その伽羅の目にも涙が滲んでいて、琥珀は伽羅に優しく微笑みかけた。

少しして、陽が落ち着いたのを見計らって、伽羅は陽と一緒にいたシロを連れ、琥珀の部屋をあとにした。

もう時刻は遅く、本来であれば既に陽は眠っているはずの時刻だった。

かなり長い時間、意識がなかったことに琥珀はその時に初めて気づいた。

「陽の耳に届かぬほうがよいやもしれぬゆえ、少し結界を張るでおじゃる」

白狐はそう言い、話す声が漏れないように琥珀の部屋に結界を張ってから、言葉を続けた。

「陽を連れていこうとした者どもでおじゃるが、伽羅が捕縛し祠の結界に閉じ込めておる。あの日渡した陽のハンカチで気配を追ったようじゃ。月草殿の神域から陽が出たことで居場所が分かり、急遽攫《さら》うことにしたらしい」

「普通に犯罪じゃねぇか……」

忌《い》ま忌《い》ましげに涼聖が言う。

「うむ。我も同じく思うでおじゃる。こちらとしては筋を通して話をしたにもかかわらず、このやりようの汚さ、本宮としても縁ある陽のことゆえ動かねばならぬ」

白狐の言葉は理解できたが、琥珀はどうしても全面的な同意はできなかった。

「それでも…陽の血筋のものたちです」

静かに返ってきた琥珀の言葉に、白狐は小さく息を吐いた。

「そなたはそう言うだろうと思っておじゃったが……やはりなぁ…」

「琥珀、おまえ、あいつらに酷い目に遭わされてんだぞ……」

涼聖は琥珀よりも怒りが勝っている様子で言った。

だが、琥珀はまっすぐに涼聖を見た。

「力のない狐たちが、こちらに白狐様までいらっしゃると分かっていながら計画したこと。それほどまでにあちらは切迫しているのでしょう。……命を賭す覚悟であったかと」

「そこまで覚悟した事情を汲めと……？」

白狐の言葉に琥珀はやや間を置いてから、口を開いた。

「自分でも、考えがまとまりませぬが……あちらの長に会ってみたいと思っています。会って、人となりをこの目で確かめたいと」

その言葉に白狐は盛大にため息をついたあと、

「分かったでおじゃる。じゃが、まずは琥珀殿の回復が先じゃ。今宵はもう休むがよい」

そう言うと座していた座布団から立ち上がり、涼聖を見た。

「涼聖殿も行くでおじゃる」

「いや、俺は琥珀について……」

「気持ちは分かるが行くでおじゃる。回復を促す術を使うゆえ、涼聖殿がいては都合が悪いでおじゃる」

そう言われては無理を通すこともできず、涼聖は立ち上がった。

「琥珀、ゆっくり休めよ」

「ああ。心配をかけてすまぬな」

謝る琥珀に「気にすんな」と声をかけて涼聖は白狐とともに部屋を出ていった。

それからほどなくして、温かな気配に包まれる感覚があり、琥珀は襲ってきた眠気に身をゆだねた。

◇◆◇

白狐が回復に手を貸してくれたこともあり、琥珀は数日で元通りに回復した。

琥珀は自分の惨状を知らなかったのだが、とても数日で戻れるような状態ではなかったらしい。

『白狐様がいらっしゃらなかったら、どうなっていたか……』

翌日、粥《かゆ》を部屋に運んできた伽羅が涙目で琥珀に語った。

つまりは七尾の伽羅でも手に負えたかどうか、という状態だったのだろう。

それで、失ったのが結果的に生えかけの尻尾一本ということは、白狐の力によるところが大きいだろうが、幸運という以外の何ものでもない。

もし白狐が休暇を取っていなければ、そして滞在先を香坂家にしていなければ、琥珀は陽が狙われていることに気づかず、ある日突然陽を失っていたかもしれないのだ。

――すべては必然、とは言うが……。

「大変お待たせいたしました。どうぞ、こちらへ」

ふっとかけられた声に、琥珀はつらつらと続いていた思考を途切れさせた。

手入れは行き届いているものの、古びた日本家屋。

そこが陽の血筋の者の長が住まう場所であった。

かつてはそれなりに栄えたのだろう。

ところどころにその頃を忍ばせる造りだったが、今は寂れた印象が強い。

もともとの環境の厳しさと、生活スタイルの変化で過疎化が進み、この周辺に今は人の住まうところはなかった。

この家にしても、わずかばかりの力で周囲の自然に飲み込まれるのを防いで存在しているというような有様だ。

その様子は、かつての琥珀自身とかぶった。

「こちらでございます」

進んだ廊下の先にある部屋を、案内してきた狐が示す。

「失礼するでおじゃる」

真っ先に部屋に足を踏み入れたのは白狐。ついで琥珀、そして伽羅だ。

部屋の中に敷かれた布団の上に体を起こした、人の姿を取った老齢の稲荷が三人を迎え入れた。

「白狐様をお迎えするという僥倖《ぎょうこう》に恵まれながら、大したこともできず。見苦しい姿で申し訳のうございます」

深々と頭を下げる老齢の稲荷――陽の血筋の先代の稲荷は、四尾半の力を有している様子だが、その毛並みは艶もなく、荒れていた。

「顔を上げておじゃれ。我が参ったは休暇中ゆえ、非公式。そう気を張らずともよい」

琥珀の意向を汲んで、本宮からの正式な抗議のための訪問ではなく、非公式という形を白狐は取ってくれた。

ここで何かあれば改めて公式に抗議、処罰にし、なにもなければ白狐の胸のうちに止めることになる。

だが、非公式とはいっても、白狐が直々に訪れるなどということは、本宮系列の神社でも滅多にないことだ。

まして系列でもない、そして一族だけで細々と代を重ねてきた彼らにとっては、これまでにない大事だ。

それが、一族の側に非があってのこととなれば、その重圧は計り知れない。

「知っておると思うが我の隣におるのが、そなたらの血筋の子狐を育てておる琥珀殿じゃ」

紹介され、目礼する琥珀に、先代はまた深々と頭を下げた。

「此度の我が方の者が起こした数々の騒ぎ、誠に申し訳ない」

「顔を、上げてください。今日、来たのは謝罪を受けるためではございませぬ」

琥珀の言葉にややしてから顔を上げた先代は、言い訳にしかなりませぬが、と前置いて話し始めた。

「後継の稲荷が相次いでいなくなったこと、そして私の余命がいかばかりかと周囲の者が心配して先走り、此度の騒ぎを……。しかし、それもすべて私自身の不甲斐なさから起きたこと、誠に申し訳のうございます」

先代は平身低頭といった様子だ。

本当に押し迫った状況に置かれているのは、ここに来て痛切に感じる。

もし、この長がいなくなれば一族で守ってきた呪法のすべてが失われるだけではなく、血族自体がやがて消え失せるだろう。

仮に陽のように薄まった血族の末裔に先祖返りのように濃い血を持つ者が生まれたとしても、その時には受け継ぐ者は、もうないのだ。

だがそういった事情のすべてを汲みとっても、琥珀にも譲れないものがあった。

陽のことだ。

「そちらの事情は理解しているつもりですが、今の陽には荷が重すぎる。陽はまだ幼く、呪法を継ぐなどということはできぬ」

琥珀の言葉に先代はただ頷いた。

仕方がない、と諦めるよりないことを理解しているのだ。

しばしの沈黙の後、

「じゃが、これまで一族で築いてきた呪法が、そなたとともに消えるのは忍びない。築くのに数百年かかるものも、失う時は一瞬。それを何とかできぬかと考えてみたでおじゃる」

白狐がそう切り出し、先代は怪訝な顔をしながらも、言葉の続きを待った。

「こちらを信用してもらうしかないでおじゃるが、将来的に陽が継ぐことになるか、それとも今後また生まれ出るかもしれぬ血の濃き者に継がせることになるかは分からぬが、次代が継ぐべき呪法を、本宮の稲荷に預けはせぬか?」

「え……」

突然の思ってもいない申し出に先代は戸惑いを露わにした。

「さすれば、少なくともそなたとともに一族の呪法が消えゆくことは避けられよう」

「それは、そのとおりだと思いまする……。このままでは私の代で術が消えるのは必定。それを回避できるならばと思いもいたしまするが、一子相伝で守ってきたものを外に、というのは……」

ためらう先代に、白狐は声をかけた。

「なに、受け継ぐといってもそれをこちらで使ったり、勝手にどのようなものかと盗み見るような真似はせぬ。一時的な保管と思っておじゃれ。……その保管を手伝うてもらおうと思っておるのはこちらの七尾じゃ」

白狐は視線を伽羅へと向け、伽羅は目礼しながら言った。

「伽羅と申します」

「伽羅は、陽とも近しい関係におるし、優秀な稲荷。余すことなくこちらの呪法、受け継ぐことができよう」

そう説明した白狐に続き、

「俺自身、これまで学び研鑽《けんさん》を積んできた呪法がありますから、気を悪くされるかもしれませんが、こちらの呪法を必要としているわけではありません。ですから、こちらの呪法を受け継いだあとは正当な後継者に渡すまで封印することを約束しましょう」

伽羅もそう伝えた。

それでも少しの逡巡は見せたが、

「……頼みまする…」

一族の呪法を守ることを優先し、先代は決意した。

「分かったでおじゃる。伽羅」

白狐が目配せをするのに、伽羅は失礼、と先代に近づき、その額に自身の手を押し当てた。

そのまま一分ほど見動きせずにいたあと、手をどける。

「終わりました」

「もう、か……」

伽羅の言葉に先代は驚いた様子を見せた。

自身が何年もかけて受け継いだ術もあるというのに、それをこんな短時間で受け継いだと言われれば驚くしかないだろう。

「まあ…俺が身につけることを前提とした受け継ぎ方ではありませんから。レシピをコピーして受け取ったみたいなもんだと思ってください。……次代に継ぐ時には、少しずつ身につけていってもらいますから」

「安心しておじゃれ。伽羅は今は勧請され転籍しておるが、本宮でもその優秀さは折り紙つき。我も頼りにしておる稲荷じゃ。余すところなく次代に呪法を受け継がせてくれるであろう」

白狐が口にする言葉は「誓約」という側面を担うこともある。

今の言葉がそれだ。

そして、白狐の「誓約」は違えられることはない。

それを感じたのか、先代は少し肩の荷が下りたような様子で、安堵しているように見えた。

「……陽に、お会いになりたいと思っておいでですか」

その中、琥珀が聞いた。

それに先代はためらう様子を見せたものの、

「……叶うことなら」

短く返した。

おそらく今回の騒動もあり、会いたいと願える立場ではないと思っているのだろう。

だが、先代の返事を聞いて伽羅がすっと立ち上がり、一度部屋を出た。

そしてほどなくいくつかの足音がして、再び部屋の障子戸が空いた時、そこには伽羅と、子狐、そして人間が部屋に入ってきた。

「……人が……」

人間が入ってきたことに驚きを隠せない先代だが、

「こちらは涼聖殿。琥珀殿とともにこちらの陽を養育してくれておる」

白狐に説明され、とりあえず納得した。

「陽ちゃん、この人が陽ちゃんのおじいちゃんのおじいちゃんの、そのまたおじいちゃんのおじいちゃんのおじいちゃんくらいが再従兄弟同士の親戚の方ですよー」

さっきとは打って変わった柔らかな様子で伽羅が陽に説明する。

陽は琥珀に促され、先代の布団の近くにちょこんと座ると、

「はじめまして、はるです」

行儀よくお辞儀をした。

「おお…この子が……。もう、これで思い残すことは……」

感無量、といった様子の先代に、遠い親戚のところに見舞いに行くとしか伝えられていなかった陽は、

「おじいちゃん、びょうきのおかげんはどう？　あのね、りょうせいさんは、すごいおいしゃさまなの。だからきっとなおるよ！」

笑顔で無邪気に言い、涼聖を見る。

「りょうせいさん、おじいちゃんみてあげて！」

「おいおい、今日は診療カバン持ってきてないんだぞ？」

涼聖は困った様子を見せるが、

「しょくしん？　とかは？」

詳しい意味が分かっていないながら、聞いたことのある言葉を陽は言ってくる。

その愛らしい様子に目を細める先代に、

「人間に触られんの嫌かもしれませんけど、陽、言い出したら聞かないんで……脈、診せてもらえますか」

苦笑しつつ涼聖は先代に問う。それに先代は涼聖に手を差し出した。

涼聖は出された手を取り、手首の脈を取る。

「りょうせいさん、どう？　おじいちゃん、げんきになる？」

すぐさま聞いてくる陽に、

「陽ちゃん、いくら涼聖さんでも、そんなにすぐには分かりませんよー」

伽羅がそう声をかける。

「あ、そっか。じゃあ、まってるね」

にこにこして涼聖が先代の脈を確認するのを見る。

「愛らしい子じゃろう。長生きされれば、また見舞いに来ることも叶うでおじゃるぞ」

微笑みながら言う白狐に、

「そうじゃなぁ……、長生きせねばなぁ…」

先代は陽を見ながら呟いた。

「……大丈夫、脈はそうですね、若い人と比べれば少し弱いですが、健康に問題があると言うわけではありません。気苦労なく穏やかにお暮らしになればすぐさまどうということは」

脈から感じたことを涼聖は伝える。

病というよりは、老衰に向かっているという感じだろう。

それでも明日をも知れぬということではないはずだ。

「おじいちゃん、なおるの？」

問う陽に、涼聖は頷いた。

「ああ。病気は大したこっちゃない。おいしいもの食べて、ときどき運動して、ちゃんと寝たら元気になる」

「よかったぁ……」

自分のことのように喜ぶ陽の姿に、先代だけではなく、みんなが目を細めたのだった。


先代の宮は、それから少ししてあとにした。

伽羅と白狐はそのまま直接、伽羅の祠に飛んで戻ったが、涼聖と琥珀、陽は家から車で二十分ほど離れた場所に設けた場に返ってきた。

なぜ伽羅の祠や、香坂家の庭に臨時の場を設け、そこから先代の宮まで飛ばなかったのかと言えば、それは相手へのある意味で牽制《けんせい》のためらしい。

神社から神社へ、と向かうのは、相手が友好的である場合だけだ。

今回はあの騒ぎがあったため、一線を引く形でわざわざ別の場所に場を準備して飛んだ。そしてそこまで、涼聖の車で向かったのだ。

それで、車を取りに向かうという名目もあってこちらに戻ってくるしかなかったのだが、実はこのあと、もう一つ用事があった。

車に乗り込んだ三人は、まっすぐ家には戻らず、家とは反対方向に車を走らせた。

そして向かった先は、月草の神社だ。

あのあと、文のやりとりはしていたが、会ってはいなかった。

駐車場から鳥居まで、陽は珍しく緊張した面持ちでいたが、鳥居近くまで来た時、ぱっと笑顔になり、駆け出した。

「あにじゃさん！」

「坊主！」

駆け出したその先にいたのは、人の姿を取った阿雅多だった。

腰をかがめ腕を広げた阿雅多の腕に、陽は飛び込んだ。

「あにじゃさん、ごめんね。いっぱい、いっぱいおけがさせて、ごめんね」

涙目で謝る陽を、阿雅多はそのまま抱き上げた。

「気にすんな、あれくらいの怪我、どうってことねぇ」

その言葉に、

「そうですよ。兄者は体が丈夫なのだけが取り柄ですから、大丈夫です」

浄吽がにっこり笑顔で付け足す。

「なんかおまえが言うと険があるんだけどな?」

「気のせいですよ。褒めてます、ちゃんと」

いつもの兄弟のやりとりに琥珀と涼聖もほっとする。

「元気な様子、安堵した」

琥珀が言うのに、阿雅多は頷いた。

「御心配おかけしました。このとおりです」

「琥珀殿も、お元気になられた御様子で、何よりです」

浄吽も言ったが多少痛ましげなのは、尻尾の件を聞いているからだろう。

琥珀はそれにただ頷いただけで、

「月草殿にお目通りを願っているが、おいでか？」

そう聞いた。

今日、訪問することは事前に伝えてあった。

「はい。お待ちになっておりますが…神域への御案内でなくてよろしいのですか？」

それに琥珀は頷いた。

神域への案内となれば、涼聖を伴うことはできないからだ。

「分かりました。どうぞ、お気をつけて」

見送る浄吽の言葉に、阿雅多は抱き上げていた陽を下ろした。

「行ってこい」

その言葉に陽は手を振り、それから琥珀と涼聖に両方の手を繋がれて参道を拝殿へと進んだ。

拝殿に到着すると、

「りょうせいさん、おさいせんばこのむこうのかいだんあるでしょう？　そのかいだんをのぼったところのおへやに、つきくささまがいるよ」

陽はそう言って、拝殿に向かって小さく手を振った。

涼聖には見えないが、陽や琥珀には視えているらしく、琥珀も頷いていた。

「では、お参りをさせていただくか」

琥珀の言葉で、三人で作法通りお参りをする。

その最中、キィン…と涼やかな音が響いたかと思うと、

「三人とも、よう来てくれた！」

拝殿から、平安装束姿の月草が走り出てきた。

「ちょ、え……」

涼聖は焦った。

先代のところには涼聖もついていくことになっていたので、診療所が休みになる日に合わせてもらったのだが今日は平日だ。

そのため日曜ほどの参拝客はいないとはいえ、境内には他にも参拝客がいる。

――マズいって！

と思ったのだが他の参拝客は月草の姿を見ているはずなのに騒ぎたてる様子がない。

「涼聖殿、ここは結界の中だ。先ほど、月草殿が結界を張られた」

琥珀がそっと説明する。

「あ、そうなのか……」

「挨拶だけと伺ってはおったのじゃが、やはり陽殿と話しがしとうてなぁ……」

月草はそう言うと、軽く膝を折り、陽を見た。

「陽殿、元気にしておいでか？」

優しい声で問う月草に、陽は頷いたあと、神妙な顔で、

「このまえは、いっぱいごめんなさい。あにじゃさんにもおけがさせて、つきくささまのじんじゃの、うらのもりも、からしちゃって……」

そう謝る。その陽の頬を月草は両手で包みこんだ。

「陽殿はちゃんと謝ることのできるよい子じゃなぁ。心配することはないぞ、阿雅多は丈夫にできておるゆえな」

あっさり浄吽と同じことを言い、

「なにしろ、じっと寝ておったのは一晩だけ。朝にはもうおなかがすいたと厨に出向き、昼過ぎには暇だと言ってうろうろとして邪魔だったたゆえ、仕事に戻らせた」

詳しいことまで教えてくれた。

もちろん、月草が回復に手を貸したからこそだろうが、どうやら本当に大丈夫らしい。

「それから、裏の森のことは気にされるな。これも何かの御神託と、参道を整備し、将来的にそ

ちらにも祠をおいて、分社を招くかという話になっておる。わらわとしては何かの縁と稲荷社を招きたいと思っておるが……もし叶うことなら、盛大な祠を準備して、そこに陽殿をお迎えするのもよいなぁ……」

途中から月草はうっとり妄想モードに突入する。

どうやら、月草もいつも通りのようだ。

「そんなふうに言ってもらえると、こっちもありがたい。これからも、陽のこと、頼みます」

涼聖が言うと、月草は感激したような表情を見せた。

「ありがたいのは、わらわのほうじゃ。大事な陽殿を預かっておきながら、あのような危ない目に遭わせてしもうた。もう、会えずとも仕方がないと思うておったに……」

月草は、忙しさから陽を一人で買い物に行かせたことを気に病んでいた。

出店の並ぶ通りは、月草の力の範囲内。

それゆえ、安全を過信していた、と。

「いや、月草殿方がおいでくださったからこそ、こうして陽は無事にここに」

琥珀が言うと、月草は立ち上がり、目尻に浮かんだ涙をそっと拭った。

「……これからも、よろしくお頼み申しします」

「こちらこそ、お頼み申し上げる」

返す琥珀に月草は微笑んだ。

その時、こちらの様子を窺っていた女官が、「月草様、そろそろ」と声をかけてきた。

「もうそのような時間か……」

つまらぬ、と続けそうな月草に、

「参拝だけと思っておりましたのに、こうしてお話しをさせていただけ、嬉しゅう思っております」

琥珀はそう言って辞する流れへと持っていく。

「いや、わらわこそ。陽殿、またそちらに伺いまする」

その言葉に陽は、うん、と頷いた。その様子に目を細めたあと、月草は涼聖に視線を向けた。

「涼聖殿も、お元気でお過ごしくだされ」

「月草さんも」

返ってきた涼聖の言葉に月草は微笑み、拝殿へと戻っていく。そして月草が拝殿の中へと入った時、ふっと何かの気配がして、涼聖の目には月草が見えなくなった。

「涼聖殿、帰るか」

急激な変化に戸惑っている涼聖に琥珀が声をかける。

陽は最後に拝殿に向けて手を振り、それから来た時と同じように両手を琥珀と涼聖と繋いで来た道を戻った。

◇◆◇

その夜、涼聖が風呂から上がり、部屋に戻ると、ベッドの上に琥珀が腰を下ろしていた。

「おう、どうした？」

休みの前の日ならいざ知らず、明日は診療所がある日だ。

それなのに来ている、ということは、そういう意味合いではなく話があるからだろうと簡単に察しが付く。

話を切り出しやすいように、涼聖はすぐ、琥珀の隣に腰を下ろした。

「……今日で一応一区切りだと思ってな…。涼聖殿には、こちらのことでたびたび迷惑をかける。すまぬな」

何かと思うと、謝罪だった。

「気にすんな。子育てには苦労がつきもんだ。そうだろ？」

涼聖は笑って返したが、すぐに少し声のトーンを落とした。

「尻尾、残念だったな」

琥珀が尻尾を失ってから、涼聖はそのことに触れたことはなかった。

不用意に触れていい話だとは思えなかったからだ。

「……ああ。だが、不思議と何も感じぬのだ。陽を失うことを思えば、安いものだと本当にそう思っておる」

告げる声は穏やかで、強がっている様子はなかった。

眼差しもまっすぐで、心からそう思っているのが分かった。

「陽の血筋のあの先代は、本当に大丈夫であったのか？」

不意に琥珀が聞いた。どうやら、あの場で陽を安心させるために真実を伏せたのではないかと思っているようだ。

「脈を診ただけじゃ、体のどこかに病気を抱えてても分かるわけじゃねぇけど、脈は割合しっかりしてた。あの見た目的に、人間だと百歳近い感じだから…言葉を選ばずに言えば寿命が近いって感じだろう」

「そうか」

「つっても、今すぐどうこうって感じじゃねぇから、他に病気を持ってるってわけじゃないなら、そんなに心配することはねぇ。……また、陽と会わせてやりてぇって、思ってるんだろ？」

涼聖の言葉に琥珀は苦笑した。

「なぜ涼聖殿は、私の考えていることが分かる」

「それは当然、愛してるからだろ？」

さらりと返してきた涼聖に、琥珀は頬を赤らめた。

「まったくそなたは」

「わりとしょっちゅう言ってるだろ？　そろそろ言われ慣れろ」

軽い口調で涼聖は言ったあと、そっと琥珀の頬に手を伸ばし、触れる。

「……俺は、何をどうやっても普通の人間でしかない。龍神の時も、今回も、本当の意味でおまえが危ない時、俺は役に立ってやれねぇ。改めてそれを痛感した」

「涼聖殿……」

「おまえは、それでもいいのか？」

問う涼聖に、琥珀はふっと笑った。

「そのようなことを考えていたのか？　そなたの言葉にはいくつか正確ではないことがある。どうやっても普通の人間でしかないと、そなたは言うが、普通の人間は、稲荷やら龍神やら烏天狗が気軽に出入りする状況を平然とは受け止められぬぞ？」

「おう、そう来たか」

「それに、秋の波殿の時は、涼聖殿でなくば私は助からなかっただろう。……むしろ役に立たぬのは私のほうだ。家事も満足にできぬし、神と呼ばれる存在であるというのに、そなたに迷惑をかけてばかりおる」

琥珀の言葉に、今度は涼聖が笑った。

「家事は伽羅に任せとけばいいだろ。おまえがわざわざやらなくても。俺も最近はあいつに任せっきりになってること多いし」

「七尾の稲荷の贅沢《ぜいたく》な使い方だな」

「それに、嫁と子供の世話を見るのは当然のことだ」

涼聖の言葉に、琥珀はあからさまにため息をつく。

「申し訳ないが、嫁という言葉は承服しかねる」

「まあ、そうだな。事実婚ってやつだから、うちは」

涼聖はそう言ったあと、

「俺にはできねぇことのほうが多い。それでも、俺の寿命が来るまでは、そばに居させてくれ」

改めて言った。

「……こちらこそ、よろしく頼む」

やや神妙な顔で返した琥珀に、涼聖は悪い笑みを浮かべると、

「じゃあ、俺にできる数少ねぇことを、させてもらおうかな。尻尾、また増やせるように頑張ろうぜ？」

言葉とともに、琥珀を押し倒した。

「…！　待て！　明日は診療所があるのだぞ」

「分かってる。だから起きられなくなるほどするつもりはねぇって」

「それは当たり前だ」

「うん、それだけは守るから」

いいか？　と問われて、琥珀は羞恥に眉をひそめながら、ただ頷いた。


「ぁっ、あ……、あっ…あ、ああ！」

体の中に埋め込まれた熱塊が蕩けた内壁を、ぐぬっと抉るようにして蠢く。

その感触に琥珀は綺麗に背をしならせ、喘いだ。

「こら、琥珀……、そんな風に締めつけるな。加減、してやれねぇだろ……」

眉根を寄せた涼聖が低い声で囁く。

だが、その声に琥珀は頭を横に振った。

「知ら、ぬ……」

自分の体なのに、自分の意思ではないところで勝手に蠢いてしまって、琥珀にはどうしようもなかった。

たっぷりの潤滑剤で濡らされた中は、涼聖が少し動くだけでも、じゅぶっ、じゅ……、ぬぷっと淫らな水音を立てる。

「ふ…っ…あ、あっ……、ぃ…っあ、あ」

ぬるつく中を涼聖が我が物顔でかき回すのだが、潤滑剤のおかげでどこまでも隙なく繋がっているような感じがした。

「ゃ…あ、あ…っ……ダメ、だ、待て、あっ、あ」

不意に浅い場所まで引いた涼聖の先端の一番太いそこが琥珀の弱い場所に当たった。それを感じ取って勝手にそこが収縮して、より強い悦楽を拾い上げようとしてしまう。

「い…っ…あ、あ、あっ！　ィ…く、あ、あっ、あっっ！」

ギュッと強く窄まり、達する寸前の動きを見せ始めた内壁を、涼聖は容赦なく浅い抽挿で嬲る。

「ああっ。あーーっ！　あ、いく、あっ、また……っ、い…っ、あぁっ、ああ！」

ガクガクと腰が悶えて、琥珀は達した。

自身から溢れた蜜が腹の上に滴り落ちるが、涼聖は蜜を零す先端をゆっくりと指先で撫でまわしてきた。

「ああっ、あ、ダメだ、やめ…っ、それ、あっぁ」

達している最中の先端は敏感すぎて、そうされると達したままの状態が延々と続いてしまう。

それを知っているのに――知っているからこそ、涼聖は容赦なく先端を嬲った。

「ああっ、あ、あ……」

繰り返し絶頂を迎える琥珀の体の中で、涼聖はゆっくりと、だが大きな動きで腰を使う。

ぐじゅぐじゅと濡れた音を立てて涼聖自身が抽挿を繰り返すたび、琥珀は何度も昇りつめ、絶頂が止まらなかった。

「ぅ……あっ、あ、あ」

「琥珀……」

名前を囁く涼聖の顔に、琥珀は必死で視線を向ける。

「おまえが望むなら、俺の全部をやる……元の八尾に戻るのに必要なら、この先の命も、全部」

涼聖は真剣な顔で、そう言った。

「りょ……ぃ、どの……」

「だから、あんまり無茶、しねぇでくれ……」

振り絞るような声だった。

琥珀自身にはまったく記憶はないが、あの日、相当危なかったのだろう。

だからこそ、涼聖は自分が無力だ、などと言葉にしたのだろうと思う。

そう思うと、自分がどれほど思われているかを改めて感じた。

——ただでさえ短いそなたの寿命を、奪い取るようなことはできぬ…。

少しでも長く、ともに。

力を取り戻すことより何より、今はそれが幸せだと思う。

言葉にしようとして、けれど悦楽に焼かれた脳はうまく言葉を選択できず、琥珀は必死で腕を伸ばして涼聖の背に回した。

「……す、…き」

絞りだせたのは単純な、そんな言葉だけだった。

だが、それだけで涼聖には伝わったのかもしれない。

涼聖は、ああ、と短く返すと、琥珀の腰を抱え直した。

そして、そのまま強く打ちつけるように腰を使った。

「……！　っあ、あ……っ、ああああっ」

じゅぶっ、じゅびゅっ、じゅ…ぷ、と淫らとしか言いようのない音を立てて、涼聖が琥珀を蹂躙する。

そのたびに琥珀は連続した絶頂に襲われた。

「あ……、あっ、…ーっ、っ！、あ、あ」

まともに声も出ないほどの愉悦の中、琥珀は体を震わせることしかできなかった。

頭の中も体も、とろとろになって、そのまま涼聖と混ざり合って溶け合ってしまいそうな錯覚に陥る。

「琥珀…、こは、く……」

苦しげな声で名前を呼んだ涼聖の体が小さく震え、次の瞬間、体の一番奥で熱が弾けた。

その感触に琥珀は体中を痙攣させながら放たれる熱をすべて受け止め、ゆっくりと意識が薄れていくのを感じながら、

「……好き……」

もう一度、囁いた。

それがちゃんと声になっていたかどうかは、分からなかったが。

8

「じんぐるべー、じんぐるべー」

調子っぱずれのクリスマスソングを嬉しげに歌いながら、陽とシロは居間に出されたクリスマスツリーの飾り付けをする。

その傍らでは龍神が、

「やはり、今宵は洋酒から入るか……。その次は……」

酒瓶を前に、飲む酒の選定に余念がない。

「はーい、チキン焼けましたよー」

そこに伽羅が庭のピザ釜で焼いた「丸鶏の香草ライス詰め」を持って入ってきて、それがちゃぶ台の中央にセッティングされる頃合いで、温めたスープを琥珀と涼聖が運んでやってくる。

言わずと知れたクリスマスイブである。

『神であるそなたらが海外行事に参加か』などと、初年度こそ無粋なことを言っていた龍神だが、「大手を振って酒を飲める夜の一つ」と脳内変換している様子だ。

伽羅は伽羅で、二週間前からパーティー料理の準備に入るし、陽とシロは当然、お祭り気分で部屋の飾り付けをするための折り紙細工にいそしむ。

そして迎えた今日、こたつの上には所狭しと伽羅が作った豪勢な料理が並び、部屋中が陽とシロの力作で飾り立てられていた。

「じゃあ、始めるか」

全員にスープが行きわたったところで、涼聖が声をかけたその時、シャンシャンシャンシャン……と、遠くから鈴の音が近づいてくるのが聞こえた。

それに陽とシロは目を輝かせる。

「サンタさんだ！」

「ちかづいてきます！」

興奮する二人に焦りながら、大人組は顔を見合わせる。

——誰か、何かしかけたか？

互いに視線で問い合うが、全員が首を横に振る。

サンタの手配はしてある。

というか、集落の年寄りたちが陽に様々なプレゼントを準備してくれているのだが、サンタの存在を信じている陽のために、自分たちが渡すことはしないでくれている。

陽の夢を守るため、年寄りたちの結束は固かった。

そのため、彼らが準備したプレゼントは、陽が眠ってから孝太がスクーターで運んできてくれるのだ。

無論その時も、陽に見つかっても大丈夫なようにサンタ衣装着用である。

わざわざそうやって出向いてくれる孝太に申し訳のない気持ちになったが、当の孝太は、

『陽ちゃんの夢は守ってあげたいっスし、一人寂しくサンタコスで行くと、料理十パーオフにしてくれる店あるんで、このあと行く予定なんスよ』

と、去年聞いた時は話していた。

今年もやはり来てくれる予定なのだが、陽が寝てからの約束のはずだし、それを違えるような真似はしない。

戸惑っているうちに、鈴の音はどんどん近づき、庭先に到達した。

「シロちゃん、おにわみにいこ！」

陽がシロを連れて立ち上がり、庭に面した障子戸へと駆け寄った。

「ちょ、陽、待て」

涼聖が止めるのと、陽が障子戸を明け放つのとは同時だった。

そして、障子戸が開いた瞬間、

「メリークリスマスでおじゃる！」

高らかに声が響き、庭先には白狐がいた。

片方の耳にサンタ帽をひっかけるようにしてかぶり、九本の尾のすべてに鈴をつけてシャンシャン鳴らしている御機嫌な白狐が。

その姿に真っ先に庭に駆け出したのは陽でも、シロでもなく、伽羅だった。

伽羅は白狐のすぐ近くに押し迫ると、

「白狐様ともあろう方が、何やってんですかーーー！」

半ば悲鳴に近い声で叫んだ。

その様子に、

「激おこというやつだな」

龍神は、誰が来たのか分かったら気がすんだのか、ポンっとスパークリングワインの栓を綺麗に飛ばして、一人先に自分のグラスに注ぎながら呟く。

——もう、ちょっとその言葉も古くねぇか？

そんなどうでもいいことを胸のうちで思いながら、涼聖は、伽羅が白狐の肩を掴んでガクガク揺らしている様を見つめた。


とりあえず、と居間に上がってもらうと、白狐は、

「先だって来ておった折、陽からクリスマスには伽羅が豪華な料理を作ると聞かされて、楽しみで仕方がなかったでおじゃる。それで今日は朝から頑張って、早く仕事を終わらせてきたのでおじゃる……」

やや伏し目がちに、やってきた理由を告白した。

「だからって、白狐様ともあろう方が、サンタ帽とか……。本宮の稲荷が見たら泣きますよ！」

そう返す伽羅もやや涙目だ。

「もう、ホント夢壊さないで……」

白狐がマイペースなことは伽羅も重々知っている。

知っているが、もう少し威厳を保ってほしいというのが本音だ。

「まあ、伽羅、せっかく来てくれたんだし、おまえの料理を楽しみにしてくれてたんだったら、食ってもらえ。人数は多いほうが楽しいしな」

涼聖は座布団を一枚持ってきて、スペース的に少し空いていた龍神の隣に置いた。

「白狐さん、ここ、どうぞ」

「かたじけないでおじゃる」

白狐はそう言って準備された座布団に腰を下ろす。

そして、仕切り直しで改めて食事が始まった。

「おお、美味でおじゃるな……！」

白狐は楽しみにしてきた伽羅の料理を食べ、目を見開く。

「伽羅、我が復活した暁には、盛大な宴を催すゆえ、料理は任せた」

龍神はスパークリングワインを片手に、カナッペを口に運びながら言う。

「何年後の話なんですか、それ」

笑いながら伽羅が問い返す。

「まあ百年か二百年か……」

「具体的な日取りが決まったら予約入れてください。その頃俺、店出してて忙しいかもですけど」

うそぶく伽羅に続いて、

「その頃、俺、来世に入ってるかもしれないな。まあ、タイミングよく転生してたら呼んでくれ」

涼聖が笑って言う。

「りゅうじんさま、ボクもよんで！」

「われも、さんかしたいです」

陽とシロも言うが、料理目当てであることは想像に難くない。現に、

「きゃらさん、そのとき、このとりさんのごはん、つくって」

と、取り分けてもらった丸鶏の香草ライス詰めを指差し、リクエストしている。

「あ、おいしかったですか？」

「うん！」

「すごくおいしいです」

陽とシロが「ねー」と笑顔で同意し合う。

「よかったです。セロリとか、ちょっと癖のある野菜入ってるからどうかなって思ってたんです

けど」

伽羅は少し安堵した様子を見せる。

「おいしかったから、サンタさんにもたべてほしいの。だから、あとでべつのおさらにわけて」

陽が伽羅に頼む。

「サンタさんにですか？　陽ちゃんは優しいですね」

「だって、サンタさん、おたんじょうびなのに、プレゼントくばるのいそがしくてたいへんだから。ボクのところにきてくれたときに、ちょっときゅうけいしていってほしいの」

陽らしい気遣いだったが、

「陽、今日はサンタさんの誕生日ってわけじゃないぞ？」

涼聖に言われ、陽とシロは顔を見合わせた。

「ちがうの？」

「われも、てっきりサンタどののたんじょうびだと。ケーキのうえには、サンタどののがのっているのがおおいですし……」

そう言う陽とシロに続いて、龍神も、

「サンタの誕生日ではないのか……」

衝撃の事実を知らされた、というような顔をする。

「俺も子供の頃はそう思ってたんだけどな。今日は、イエス・キリストっていう神様の誕生日の前日だ」

　涼聖が説明すると、

「え、前日？」

　琥珀が戸惑った様子で呟いた。

「おまえも知らなかったのか？」

「いや、三田殿の誕生日でないことは知っていたが……」

　相変わらず琥珀が「サンタ」と言うと「三田」と漢字表記されている気分になるなあ、と思いながら、

「神様が生まれる前夜祭だな。イブっていうのはそういう意味だ」

　涼聖が説明する。

「宵宮《よいみや》みたいなものでおじゃるな」

　意味合いから白狐が琥珀たちに馴染みのある言葉に言い換え、龍神と琥珀は納得したように頷いていた。

「まあ、とりあえずおめでたい日ってことで」

　これ以上掘り下げても仕方がないと踏んだのか、伽羅がその言葉で締めくくり、その後はまた料理を食べ、どうということのない話しをしながらの和やかな時間が過ぎた。

　二時間少しが過ぎた頃、ふと気づくと陽とシロはすっかり寝入っていた。

おなかがいっぱいなうえに、こたつで体が温まれば眠くなって当然だ。

こたつで眠らせたままにしておくと風邪をひくので、二人を起こさないようにそっと部屋に運んで寝かしつけると、話題は自然と陽の血筋の稲荷の話になった。

「先代とはときどきやりとりしてるんですけど、ちょっと持ち直したみたいです」

伽羅がそう報告する。

「そうか……それはよかったでおじゃる」

「多分、後継者が見つからなかったら、一族の術が失われるっていうことを、ずっと気に病んでたんだと思います。それが、一応は解消された形になったんで……気持ちが楽になったんじゃないかと」

伽羅の見立てに白狐は頷いた。

「……陽には、まだ、話さずにおこうと思っております。将来的に陽が望めばあちらに、とは思いますが…」

琥珀が控え目に伝える。

「それがよいじゃろう。今、伝えても陽には酷な話。琥珀殿と引き離されると勘違いするでおじゃるからな」

「それまで、あのじいさん、頑張ってくれりゃいいけど……」

涼聖の呟きに、

「先代に何かあった時は、俺が一時的に向こうも見ます。あの土地も、上の祠と同じで要の地なんで、空にはできませんから」

伽羅が答えた。

「それがよいじゃろうな」

「その時に俺、八尾になろうかと思うんですよねー。今は八尾になっても無駄なんで七尾で止めてますけど、二ヶ所見るなら、八尾のほうが無難でしょうし」

「八尾、か……」

呟いた琥珀は、かつて八尾で会った頃の自分のことを思い返しているように思えた。

自分を祀る集落を守るために、尾の数を減らしたことを後悔はしていないと話していた。実際後悔はしていないだろうが、それ以外の某《なにがし》かの感情はあるだろう。

「おりしもキリスト誕生前夜だ」

そんな琥珀に涼聖はそう切り出し、

「今日ならそれにあやかって、琥珀の尻尾もまた増えるかもしれないぞ」

冗談めかしてそう続ける。

その言葉の意味を計りかねた琥珀だったが、意味を悟った瞬間、固めた拳を涼聖の脇腹に炸裂させた。

「痛ってぇ……！　冗談だろ。それをおまえ、本気で……！」

「うるさい、痴れ者」

頬を赤くして、ツンっと琥珀はそっぽを向く。

「相変わらず仲がよいでおじゃるなぁ」

と、笑顔の白狐に、

「ああいう手合いを、人界ではバカップルとかいうらしい」

酒を口に運びながら龍神は返した。

クリスマスイブの楽しい夜は、それからまだもう少し続いたのだった。


そして、年が改まった正月三日。

クリスマスイブの霊験《れいげん》あらたかなおかげか、冬休みを利用して思う存分いちゃついた結果か、その相乗効果かは分からないが、琥珀に再び四本目の兆しが現れ、伽羅は再び思春期のジレンマに陥ったのだった。

おわり

つきさまと
たまゆらさま

CROSS NOVELS

診療所が休みのその日、香坂《こうさか》家では朝食直後、伽羅《きやら》が来客を迎える準備に余念がなかった。

「紅茶を三種類、それから日本茶も三種類、来客用のティーカップと湯呑は洗ってあるし、お菓子も紅茶用、日本茶用、ともにスタンバイ済み、座布団は昨日のうちに干して、新しいカバーをかけ直したし……食事も、今できる準備はしたし……」

ブツブツと言いながら準備したものの確認をしていく。

「伽羅殿、少しは落ち着いたらどうだ」

「そうだぞ、もう何度目の確認だよ」

ちゃぶ台の定位置に腰を下ろした琥珀《こはく》と涼聖《りようせい》は、いつも通りの様子だ。

「まだ確認は三度目です。忘れ物、ないですよね……」

また指を折って確認し始める。その伽羅の様子に、

「そなたが私を迎えてくれる時は、一度として手違いなどはなかった。安心しておればよい」

琥珀が再び声をかける。その琥珀に、

「本当ですか？」

「ああ。いつも快適に過ごさせてもらっていた」

「よかった！　あの頃、俺、琥珀殿がいらっしゃる時は最低でも五回は確認してたんですよ！」

世話係時代を思い出した伽羅は、ついでに当時の琥珀のきらびやかさ——今でも充分美しいのだが、その頃は衣冠《いかん》や直衣《のうし》姿で、物語から抜け出してきたようだった——を思い返して、ときめ

きモードに入る。

「五回って……」

多少呆れる涼聖だが、

「最低で、です。時間があれば二桁回数、確認してたこともありますよ」

胸を張って、伽羅は堂々と返してくる。

「そなたは常に万全で臨むゆえな。だが、私の目から見て、充分準備は整っている。あとはそなたが客を迎える気を整えねばな」

とにかく落ち着け、と、琥珀は丁寧な言葉で伽羅に告げる。

それに伽羅はやっと腰を下ろした。

ここまで伽羅が落ち着かない様子で準備を整えるのは、やってくる客が客だからだ。

その来客について打診があったのは、先月、陽《はる》の妖力を預かりに月草《つきくさ》が来た時のことだった。

「涼聖殿に折り入って頼みがあるのだが、聞くだけ聞いてみてはくれぬか？」

夕食後の一段落を終えて、陽とシロが、阿雅多《あがた》とともに風呂に向かった後、月草はおもむろに切り出した。

「なんですか？　突然改まって……」

いつもとは違う月草の様子に、涼聖は多少穏やかじゃないものを感じながら問い返した。

普段の月草であれば、もっと気軽な感じで、

『実は、頼みがあるのじゃ』

と、前置きもなく切り出すのに、いつもと様子が違うということは、何か重大なことを頼まれるのだろうと一応は覚悟をする。

無論、その場にいた琥珀と伽羅もだ。

「実は、あるお方と会いたいと思っておるのじゃが、その際に、この家をお借りできぬかと思ってな。わらわが向こうに出向くにも、あちらにわらわのところへ来ていただくにも、大仰なことになってしまうのじゃ。そういう、気の張った場ではなく、気軽に茶を楽しみながらゆっくりと話をしたいと思うて……」

月草の言葉に涼聖は「なんだ、そんなことか」と簡単にいいですよ、と返事をしそうになった。

月草がここで会いたい相手というのは、恐らく神様だろうが、稲荷《いなり》と同棲し、ひとつ屋根の下に龍神《りゅうじん》、座敷童子《ざしきわらし》（なりかけ）もおり、さらには烏天狗《からすてんぐ》も気軽に訪ねてくるという環境に置かれた涼聖は、正直、神様慣れしている。

だが、涼聖が返事をするより早く、琥珀が口を開いた。

「どなたとお会いになろうとされているのか、お伺いできぬうちは、返事ができぬゆえ、お聞かせ願えますか」

「そうですね。どなたをお迎えするかによっては、この家の気も整えねばなりませんし」

伽羅もそう返す。

二人とも表情はやや真剣だった。

涼聖はなし崩しに、いろんな神様がやってくる状況に慣れてはいるが――なにしろ、白狐《びゃっこ》がアポなしでくる始末だ――、本来はかなり気を遣うものらしいというのが、二人の表情で分かった。

「ああ、すまぬ。ここでお会いしたいと思っているのは――」

「まさか、月草殿が玉響《たまゆら》殿と文通をしていらっしゃるとは思いませんでしたね」

伽羅が今日の客人の名前を出す。

秋《あき》の波《は》の母親である玉響は、九尾の稲荷として能力の高さもさることながら、その美貌で知られる存在でもある。

月草と双璧を成すと神様業界では言われているため、互いの存在を知ってはいるが、二人が会ったことは一度もないらしい。

それは単純に接点がないからなのだが、つい最近、二人に接点ができた。

秋の波である。

月草が陽の妖力を預かりに来た時、たまたま秋の波が遊びに来ていて、月草の「ちみっ子愛でモード」は炸裂した。

二人の姿を写真と動画に収めまくり、その愛らしさに「これは秋の波殿の母君にもお送りせねば！」と、撮った写真と動画を玉響に贈ったのが始まりらしい。

玉響が最初の育児をしていた二百年以上前は、単純に「子育て」に必要な道具のみで、今のように子供を飾り立てる商品はあまりなかった。

だが、月草から送られてきた着ぐるみを纏った秋の波の姿に、玉響は開眼した。

いや、昔から玉響は親馬鹿で「うちの子、超可愛い」だったのだが、豊富な子育てグッズに親馬鹿モードがトップギアに入った。

そんな玉響と月草が意気投合するのには、まったく時間がかからなかった。

むしろ、月草からの初回の文への玉響の返信から、もう二人は息がぴったりだった。

何度か文をやりとりし、直接会いたい、という流れになるのはもはや必然。

しかし、大きな神社で祭神を務める月草は、しょっちゅう陽に会いに来たり、どこかに出かけたりしているので、比較的暇なのではと思われがちだが、実はかなり忙しい。

陽に会うためと思えば仕事を倍速で片づけられる、くらいの勢いで仕事をこなしているから時間が作れているのだ。

そして、社畜《しゃちく》の宮と陰で噂されている別宮の長をしている玉響も、無論忙しい。

二人の休暇を合わせること自体が難しく、一応の目処がついた時に持ちあがったのは、何処で会うか、という問題だった。

神様同士が会うというのは、実は結構いろいろ面倒臭い。

正式にとなると本当に大仰だし、非公式にしても、そこそこ準備が必要なのだ。

そして、会うのが、それぞれ一人であっても迎える側が大騒ぎになる美女二人だ。

その二人が初めて出会うとなれば、どちらがどちらに出向くとしても、大騒ぎの二乗以上の事態になるのは目に見えている。

となれば、まったく別の場所で落ち合うというのが一番楽なのだが、それをどこにするか、というのがまた問題なのだ。

どうすればよいかのう……と、頭を悩ませる月草に、解決策を導いたのは、もはや月草の神社の知将といっても差し支えないだろう浄吽《じょううん》である。

「涼聖殿のお宅をお借りするのはいかがでしょうか？」

「なにゆえじゃ？　場所を借りるのであればわざわざ涼聖殿や琥珀殿の手を煩わせずとも他の場所でもよいではないか」

わざわざ人界の香坂家を指定する理由が月草には分からなかった。

いや、香坂家にするならそれでもまったくかまわないというか、ウェルカムなのだ。

理由はもちろん、陽がいるからである。

しかし、浄吽がそんなことを理由に香坂家を指定したとは思えなかった。

その月草の予想通り、浄吽には一計があった。

「月草様と玉響殿、お二人が『会う』と事前に決まってしまうから大騒ぎになるのです」

「意味が分からぬが……。事前に決めねば、会えぬではないか」

互いに忙しいのだ。すり合わせてすり合わせて、やっと休みを重ねられそうだというのに、何を言い出すのかと思ったが、浄吽はニコリと微笑んだ。

「そういう意味ではございません。お二人が会うために場所を準備するのであれば、それがどこであれ騒ぎになるのは目に見えています。そうではなく、偶然お会いになればよいのです」

「偶然？」

「つまり、月草様は陽殿の妖力を預かりに涼聖殿のお宅へ、玉響殿は秋の波殿を陽殿と遊ばせるために涼聖殿のお宅へ。偶然その日が重なっただけであれば、作法もしきたりも必要ないのではと……」

浄吽のその言葉に、月草は目から鱗《うろこ》がばっさばっさと落ちる思いがした。

「そうか！　その手があったか！　偶然であれば、仕方ないゆえなぁ」

「はい。偶然ですから」

「そなた、よく思いついたな」

感心する月草に、

「いえ、先日、初めて秋の波殿とお会いした時のことを思い出しまして……。陽殿のところに秋の波殿が遊びにいらっしゃるということが、割合簡単に起こり得るのであれば、保護者として玉響殿が付いていらっしゃるというのも、母君でいらっしゃるので問題はないかと」

浄吽はそう説明する。

「なるほどなぁ……。では、早速、涼聖殿に家をお借りできぬか聞いてみることにしよう。よいと言ってもらえれば玉響殿に連絡をして……」

という流れになり、月草は陽の妖力を預かりに行った時に、涼聖にお伺いを立てた。

涼聖の返事は、

「特別な準備とかは何もできないけど、それでよかったら」

で、了承が得られ、こうして香坂家で「偶然」月草と玉響が会う手筈が整ったのである。

が、涼聖が軽く了承したものの、じっとしていなかったのは伽羅だ。

月草が来る時も、本当はもっとちゃんとお迎えをしなくてはいけないと伽羅は常々思っている。

だが、月草自身が「頻繁に来させてもらうゆえ、気遣いをされると来づらくなる」と一度言ったことがあるので、それ以来、特別なもてなしというものはしないことに決まった。

しかし、今回は玉響も来るのだ。

「玉響様と言えば金毛九尾の才媛と音に聞こえた方ですよ、当然です」

熱心にお茶の吟味を繰り返す伽羅に、そこまでしなくても、といった涼聖に返ってきたのがそのセリフだ。

「いやいや、おまえの師匠にしても、白狐さんにしても、九尾だったじゃねぇか」

涼聖の突っ込みは当然だった。

その二人が来た際の伽羅は、黒曜《こくよう》の時は緊張はしていたが、『出迎えのため』ではなく、『師匠が怖い』だったし、白狐の来訪時には結構、扱いがアレだった気がする。

「あの二人はイレギュラーと、アポなしだったからいいんです。いくら『偶然』月草様とここで出会われるにしても、玉響様がこちらにいらっしゃることは、正式に別宮から連絡があったわけですから、ちゃんと出迎えないわけにはいかないいんですよ。こちらの格が問われる話になりかねないですから」

伽羅に言わせればそういうことで――黒曜と白狐に関しては、そういった事情を汲んでも、何か違う気がしないでもないが――、琥珀も準備は一応気にしていたらしいのだが、伽羅が「一任していただければ、失礼のないように準備します」と言ったので任せることにしたらしい。

「伽羅殿のおかげで、無事、失礼なく出迎えることができそうだ。すまなかったな」

琥珀がそう労うだけで、伽羅の機嫌は一気に上昇する。

「そう言っていただけるだけで、報われます」

「逆に、そんなすごいお稲荷さんを出迎えるのに、こんな感じでいいのか？　俺、着替えたりしたほうがいいとか？」

涼聖は不意にそれが心配になった。

「いいえ、今回は『休暇中の私的な用件のため、気遣い無用』って書いてあったんで、よっぽど酷い恰好じゃなきゃ大丈夫です」

「気遣い無用で、おまえの騒ぎを見てると、そのあたりの匙《さじ》加減が分かんねぇな……。まあ、おまえがいいって言うなら、大丈夫か。俺理由で琥珀の株が下がんのだけは嫌だからな」

その言葉に琥珀はふっと笑い、

「涼聖殿はそのようなことを気にせずともよい」

それから伽羅に視線を向けた。

「……伽羅殿は、本宮にいた頃、玉響殿とお会いしたことはあるのか？」

「いえ、ありません。玉響殿はずっと別宮詰めでしたから、本宮にいらっしゃることはほとんどなくて……。いらっしゃる時は俺が本宮にいなかったりしてたんで。そう言う琥珀殿はどうなんですか？　秋の波ちゃんのお母様ですし、そっち繋がりでお会いしたことは？」

逆に伽羅に問われて、琥珀は頭を横に振った。

「いや、ない。秋の波殿が玉響殿の御子息だと聞いたのは、本人からではなかったからな」

「そうなんですか……。落ち着いてらっしゃるから、面識がおありなのかと思ってました」

「別に今日は私に会いにいらっしゃるわけではないゆえな。最初の挨拶がすめば、あとは月草殿とお二人、好きに過ごされるだろう」

つまり、いろいろと接待をしなければならないわけではないので気が楽ということらしい。

「それはそうですけど、どんな方なのか興味津々なんですよね、俺。月草殿と並ぶ美女なんて、そういらっしゃるわけじゃないですし」

「秋の波ちゃん、可愛いからなぁ。それのお母さんなら、相当だろうな」

涼聖が言うのに琥珀はそっと頷いた。

「神界を代表する二大美女の初顔合わせに立ち会えるとは、何とも幸せなことだな」

「ホント、何気にこの家、すごいですよねー」

伽羅も納得したように言って、頷く。

「正直、コトの重大性がちゃんと把握できてないことを、ラッキーだと思ってる、俺」

涼聖が笑って言った時、陽が自分の部屋からシロと一緒に出てきた。

「陽、お客様をお迎えする準備はできたのか？」

琥珀が問うと、陽は元気に頷いた。

「うん！　あきのはちゃんとなにしてあそぶか、シロちゃんとそうだんしてたの」

「ひさしぶりにおあいするのがたのしみです」

シロも同じく答えた時、庭に設けた「場」から訪問者の気配がした。

「おいでになるようだ」

琥珀は言いながら腰を上げ、それに全員が続いて縁側に向かう。

そして縁側から庭に出た時、訪問者は姿を見せた。

「つきくささま、いらっしゃいませ！」

陽が元気よく出迎えの言葉を口にする。

「陽殿、今日も元気そうじゃなぁ、何よりじゃ」

いつも通り、ゴージャスマダムな出で立ちの月草は笑みをたたえながら場を出て、琥珀たちに近づく。

「今日は無理を言うてすまぬなぁ」

まずは家主である涼聖に声をかけた。

「いえ、気にしないでください。場所を貸すってだけのことですから。どうぞ上がってください」

涼聖が家へと促すと、陽が月草の手を取り、玄関へと案内する。

「あきのはちゃんと、なにしてあそぶか、いろいろかんがえてたの」

と、月草に秋の波の来訪を楽しみにしていることを伝える。

そんな陽と月草の後ろにいつも通り阿雅多と浄吽が続いたのだが、今日も今日とて大荷物だ。

その大荷物の一部は、今日のための茶菓子だった。

「伽羅殿にも御準備いただいておりますが、丁度近くの和菓子屋の限定菓子が手に入りましたので」

浄吽が言いながら風呂敷包みを開き、菓子箱を差し出す。

といっても一つではない。大きな箱が一つ、それから小さな箱が二つだ。

「わぁ、いっぱい！」

お菓子星人の陽の目がキラキラと輝く。

「日持ちするものもあるゆえ、今日食べきれぬ分は、陽殿があとでゆっくり食べればよいぞ」

月草の言葉に陽は、うん、と言ったあと、

「のこったら、あきのはちゃんと、はんぶんこするね」

と続ける。その言葉に月草は「陽殿は優しいお子じゃ」と相変わらず手放しでの可愛がりっぷりである。

「あきのはちゃん、もうくる?」

問う陽に月草は頷いた。

「あと三十分したらおいでになる。わらわが出迎えたかったゆえ、先に参ったのじゃ」

という言葉通り、きっちり三十分後、再び「場」から訪問者の気配があった。

その気配にまた全員が庭に出ると、もう一組の客が姿を現した。

「はるちゃーん!」

まだ粒子の収まりきらぬ「場」から飛び出してきたのは、無論、秋の波だ。

「あきのはちゃん!」

飛び出してきた秋の波と陽はしっかりハグをする。

「あきのはちゃん、げんきだった?」

「うん!　すっごいげんきだった!　はるちゃんと、シロちゃんは?」

「げんきだよ」

「げんきにしておりました」

ちみっこ同士が互いの健康を確認し合う中、大人組の中には微妙な緊張感が漂った。

場の中に立つ麗人は、緩やかに波打つ豪奢《ごうしゃ》な金の髪を持ち、衣装は月草と負けず劣らずのゴージャスさ。

そして容姿は雰囲気こそまったく違うが、月草と同レベルの美貌だった。

「玉響殿、でいらっしゃるな？」

月草の問いかけに、場の中の麗人は頷いた。

「月草殿でいらっしゃるか？」

その問いに月草が頷くや否や、二人は互いに近づくと手を握り合い、

「ああ、お会いしとうございました！」

「本当に、やっとお会いできましたなぁ……！」

きゃっきゃとはしゃぎ始める。

その二人の様子に、秋の波がはっとした顔になった。

「ははさま、まだみんなにじこしょうかいしてないのに、こうふんしすぎだから」

そう釘を刺してから、涼聖たちに視線を向けた。

「しょうかいします。おれのははさまの、たまゆらです」

秋の波に冷静に紹介され、玉響は一応落ち着くと、涼聖や琥珀たちに目礼をした。

「初めてお目にかかります。秋の波の母、玉響にございます」

「ははさま、このひとがりょうせいどの。このいえのあるじで、おれをたすけてくれたひと。それから、こはく。むかしからのともだち。そんで、そのとなりがきゃらどの。りょうりが、すっごくうまいの。あと、つきくささまのじんじゃの、こまいぬのあがたさんと、じょううんさん」

一通り紹介したあと、秋の波は陽の手をぎゅっと握る。

「そんで、はるちゃんとシロちゃん」

「よく存じております。秋の波とモンスーン体操を踊っておいでになったお子じゃな」

「うん！　あきのはちゃんといっしょにおどったの」

陽はそう言ったあと、秋の波を見て、

「あきのはちゃんのおかあさん、やっぱりつきくささまとおんなじくらいキレイ！」

純粋に褒めてくる。

「だろ？　えらべっていわれたらこまるくらい、おんなじくらいきれいだよなー」

秋の波が笑顔で返すのに、陽とシロも同じく笑顔で頷く。

「えーっと、立ち話もなんなので、とりあえず中へ」

さっきも同じことやったな、俺、と思いながら、涼聖は再びみんなを家の中へと促した。

とりあえず、一日全員が居間に落ち着いたのだが、

――なんか、すっげぇ光景だな……。

とんでもないレベルの美女二人が並んで座る様は、まるっきり非日常だった。

というか、神様と同棲している時点で充分すぎるくらいに非日常ではあるのだが。

「む……、馴染みのない気配があるな。誰だ」

微妙な緊張感のある居間で口を開いたのは、ちゃぶ台の上の金魚鉢の中で、スヤスヤ眠っていた龍神だ。

「りゅうじんどの、ひさしぶり！」

秋の波が金魚鉢を覗きこみながら挨拶をする。

「そなた…たしか、琥珀の友人であったな。秋の波とか申したか」

面識のある秋の波はまったく物怖じせず、頷いた。

「うん！　あと、きょうはおれのははさまつれてきた！　たまゆらっていうの。つきくささまのとなり。びじんだろ？」

紹介ついでに秋の波は自慢する。

「玉響……、おお、眠りにつく前に噂で聞いたことがある。たいそう美しい九尾がおると。そうか、秋の波はその九尾の息子だったか」

「秋の波より、お噂は伺っておりまする。今は力を取り戻す最中でいらっしゃるとか」

玉響の言葉に、龍神は頷いた。

「うむ。我の家ではないが、ゆっくり過ごすといい」

「うん、本気でおまえの家じゃねぇけどな」

涼聖が言うのに、

「だから、我の家ではないと前置きをしたではないか」

と、自分の発言の何が問題なのかを理解していない龍神はそう返すと、

「今しばし眠る。客が来ておるなら、昼食はまた伽羅が腕を振るうのであろう。その頃に起きる」

そう言って再び寝始めた。

「本当に心の底からマイペースだな」

「こういうとこ、びゃっこさまとにてるんだよなー」

秋の波の呟きに、アポなしでいきなりやってきた白狐のことを思い出し、涼聖、琥珀、伽羅は胸のうちで深く頷いた。

とりあえず、お茶にしましょう、と伽羅が音頭を取り、まずは全員でお茶にした。茶菓子はまず伽羅が準備した和菓子だ。

「ほう……玉露《ぎょくろ》じゃな」

一口飲み、玉響が言い、

「おかし、みかんみたいなあじがする！」

お茶ではなく真っ先に茶菓子に手を付けた陽が言う。秋の波も同じく茶菓子からで、

「かんきつけいのなんだろ…。みかんほどあまくなくて、ゆずじゃないし……」

なにが使われているのかを考え始める。

「レモンピールとオレンジピールが入ってるんですよー。お茶が甘いので、茶菓子は爽やかなものを選んでみました」

伽羅の言葉に月草と玉響は、ほう、と感心したように頷く。

「ピールってなに?」

陽が首を傾げて問う。

「皮です。オレンジとレモンの皮を甘く煮て、それを餡《あん》とまぜこんであるんですよ。マーマレードも皮が入ってるでしょう?」

ときどきパンに載せるジャムの名前が出てきて陽は納得する。

「どこか洋菓子のような雰囲気もあるのじゃな」

月草が一口食べ、感想を述べる。

「そうなんですよー。老舗《しにせ》の和菓子屋さんなんですけど、今、店は三代目と四代目がやってて、四代目が積極的に洋菓子のテイストも盛り込んだ茶菓子を発表してるんです。もちろん、伝統的な和菓子もおいしいんですけど、今回はこっちを選んでみました。次のお茶の時は月草殿が持ってきてくださったお菓子を出しますね」

伽羅のその言葉に秋の波はハッとした様子で玉響を見た。

「ははさま、おみやげわたすのわすれてる！」

「ああ、そうじゃな。月草殿とお会いできた嬉しさにすっかり忘れておったなぁ」

玉響はそう言うと、持参した風呂敷包みから中身を取り出した。

「皆で食べられたら、と……秋の波が選んだ菓子なのですが」

「まかろんかってきた！　ていうか、かげともにかってきてもらった！」

秋の波が自信満々で言うと、陽が笑顔になる。

「マカロン、すき！」

「おいしいよなー！　さくっふわってかんじで！」

語り合う二人を見ながら、琥珀はそっと聞いた。

「影燈《かげとも》殿はお元気か？」

「うん。まえほどじゃないけど、けっこうしごとしてる。きほんてきに、ひがえりのしごとか、じむさぎょう」

秋の波が説明するのに、琥珀は微笑んで頷く。

「そうですか。お元気そうで何より」

「うん。げんき、げんき」

姿こそ子供だが、口調も中身も昔の秋の波のままで、琥珀は嬉しくなった。

◇◆◇

お茶を飲み終えると、お二人で気兼ねなくお話をしたいでしょうから、と伽羅は準備した客間に月草と玉響を案内した。

そこは琥珀の部屋の隣で、以前、倉橋《くらはし》が来た時に滞在していたところだ。

「お茶は時間を見て準備いたしますが、そちらにも茶葉などを準備してますので……」

伽羅はポットや湯呑などを置いた一角を指差す。

「何から何まですまぬなぁ」

「ほんに、ありがたい」

月草と玉響は微笑みながら言う。

「では、ごゆっくり」

伽羅がそう言って部屋を後にすると、

「ははさま、おれ、はるちゃんとあそんできていい？」

即座に秋の波が聞いた。

「楽しみにしておったゆえなぁ。いっておいで。陽殿、よろしく頼みまする」

玉響の言葉に陽は頷いて、秋の波と手を繋ぐと、「あきのはちゃん、なにする？」と相談しながら部屋を出ていき、阿雅多と浄吽もそれに続いた。

部屋には月草と玉響が残り――ここからガールズトークは開始された。

まず手始めに、月草が取り出したのはアルバムだ。

「以前お送りした写真と同じなのじゃが、こういった感じで装飾を施しながら保存していくのがはやっておってなぁ」

「おお……なんと！　愛らしさが際立ちまするな」

スクラップブッキングされた陽と秋の波による、着ぐるみを着てのモンスーン体操の様子を、人物だけを切り抜いて周囲に切り株のイラストを置き森の中にいるように表現してみたり、頭の上に小鳥が止まっている感じに見えるようにシールを配置してみたりしてある。

「秋の波殿メインで作ってあるゆえ、よければもらってほしいのじゃ」

「よいのか？　ああ、嬉しや……」

玉響は渡されたアルバムを食い入るように見つめる。

「月草殿はいろいろなことを御存じでいらっしゃるなぁ……。わらわは、いただいた写真を普通に写真立てに入れたりするくらいしか考えつかず……」

「わらわも同じじゃ。最初の頃はひたすら写真をアルバムに貼ってそれを繰り返し見るだけだったのじゃが、今日も一緒に来ておった浄吽が、いろいろなことに聡くてのう……。あの者が、このように飾る方法もあるようじゃと教えてくれて」

「わらわにも作れるであろうか？」

真剣な顔で玉響が問うのに、月草は頷いた。

「大丈夫、わらわにもできたゆえ、玉響殿にもできまする。今度、作り方や資材など一式をお送りいたしますゆえ、一度作ってごらんになってくださいまし。そうじゃ、二人でともに作業をするのもよいなぁ」

「それは楽しそうじゃ……。次はいつ休めるか、早速算段せねば」

玉響は至極楽しそうに言うが、

「玉響殿はお忙しい身ゆえ、ご無理をなされませぬように」

休みを取るのに仕事をつめて、無理をするでは本末転倒になる。そのため月草はそう言ってみたが、

「お忙しいのは月草殿も同じでございましょう。一つの神社を任されるというのは、多岐にわたる用件がありますでしょうし」

逆に玉響が労ってきた。

「こまごまとした仕事や急な来客など、いろいろとございまするが、玉響殿のように何人もの精鋭を率いてのお仕事は、気の休まる時もあまりないのでは？」

月草も自分の仕事が楽だとは思ってはいないが、一日に何度か気を休められる時間があるし、徹夜などは滅多にない。

だが、別宮というところは二十四時間稼働で、徹夜が珍しくないと聞いていた。

「そうじゃなぁ……、忙しくないといえばそれは嘘になる。忙しさにかまけて、秋の波にあまり手をかけてやれずにいた気もしまする……」

秋の波が子狐の館にいた最初の頃、玉響はまだ本宮にいた。その当時は親子で過ごすことが多かったのだが、玉響が別宮に移ると、週末ごと、などというような感じで会う機会は減った。

しかし子狐の館の大半の子供は、親元に帰る機会が盆暮れ正月くらいであり、秋の波は、

『ははさまとおあいできるかいすうは、みんなよりもおおいから、うれしい』

と、あまり寂しさは感じていないようだった。

その後《のち》、秋の波が見習いとして本宮に上がる少し前から別宮が忙しくなり、また、自分の息子として特別視されることはよくないのではないかと思ったことから、敢えて玉響は秋の波のためだけに時間を作ることはしなかった。

無論、その代わりに文のやりとりはよくしていたが、それも見習い期間の間だけだ。

稲荷として独り立ちしてからは、他の稲荷と同じように扱った。

それが間違っていたとは思わないが——今になって少し寂しく感じていた。

「仕事をこなすのに精一杯であったことも、無論原因なのですが……」

そう言って目を伏せた玉響の手を、月草は握った。

「分かりまする。日々の仕事をこなす、その充実感は確かにありまするが、ふっと胸のうちに隙間ができたような感じがすることもございましたでしょう？」

「そうなのじゃ。子供は独り立ちをしておるし、仕事も充実しておるというのに、と」

「わらわも、似たことがございました。ですが、それももはや普通のことと受け止めていた時に、陽殿と出会ったのです……。もう、愛らしゅうて愛らしゅうて！」

一瞬で月草は暴走モードに入ったが、

「分かりまする！　わらわも我が子以上に愛らしい子などいるまいと思っておりましたが……、あの着ぐるみで動く様や、秋の波と一緒に眠る姿などはもう……！」

玉響もすぐに同じレベルでついてきた。

「そうでございましょう？　陽殿の妖力を預かるという名目で、こちらにたびたび寄せていただきまするが、琥珀殿などはわらわが忙しいのに時間を使わせるのが申し訳ないと思っておいでのご様子。ですが、むしろわらわが来たくて来ておりまする。妖力を預かる、というのは実際大事なことなのですが、よい口実と思っております。心の糧になりますゆえなぁ……」

「心の糧……」

月草の言葉に玉響は頷く。

「陽殿と出会ってからは、いろいろと心持ちが違いまする。阿雅多や浄吽などは、多少呆れておる様子もありまするが、仕事をおろそかにしているわけでもなし、愛しいものを愛でて何が悪いのじゃ」

開き直る月草の言葉は、玉響の琴線に触れた。

「……まさしく、そうでございますなぁ…。秋の波が愛らしいゆえ、溺愛しては神格形成に問題があるかと思っておりましたが、我が子を溺愛するのは当然のことなのかもしれませぬな」

「秋の波殿のように愛らしい方であれば、溺愛しとうなる気持ちは充分、理解できまする。……先日のことで秋の波殿が幼き姿になられたのは不幸なことではあるかもしれませぬが、今の秋の波殿は既に神格ができ上がっておるご様子。それであれば、溺愛したところで問題ありますまい。お会いになれる時は遠慮なさらず存分に溺愛なさいませ」

月草のアドバイスに、玉響は深く頷いた。

「そうじゃな……。以前、してやりとうてもできなかったことも多くありますゆえ……」

「旅なども、なされればよい。神界の旅となると大仰な騒ぎにはなりますが、人界であればさほど気を遣うこともございませぬよ。ああ、そうじゃ、陽殿と海へ参ったことがございましてな」

月草はそう言うと、持参した荷物の中からいそいそとアルバムを取りだした。

「これがその時の写真なのじゃが……」

月草と玉響は写真を見ながら、再びきゃっきゃと萌えだした。

「ははさま、さいきん、よくきてくれるんだけどさー、しごとだいじょうぶなのかなーってしんぱいになる」

その頃、秋の波は陽と一緒に、居間でボードゲームに興じていた。

プレイヤーは二人だけではなく、シロと伽羅、それから涼聖も一緒で、琥珀と狛犬兄弟はその様子を見ている。

「玉響殿はお忙しいですが、有能な方ですすし、仕事を放り出していらっしゃっているというようなことはないと思いますよー。えーっと、三マス進んで……あ！　俺、結婚できなかった！」

人生を題材にしたボードゲームで、自分のコマを進めた伽羅は、結婚ができる最後のチャンスさえ逃し、ショックを受ける。

「おまえ、前にやった時も独身貴族じゃなかったか？」

「むしろ結婚できた時のほうが少ないです……、これってそういうゲームでした？　結婚できるほうが普通じゃなかったです？　……どうしよう、暗示だったら」

その伽羅の目の前で、次にルーレットを回した陽はさらっと結婚のマスに止まり、女性の人形を自分のコマに載せる。

「ああ……、陽ちゃんのリア充っぷりがゲームに反映されてる……」

その呟きに琥珀や涼聖たちは笑い、落ちこむ伽羅の肩を、秋の波はポン、と叩く。

「だいじょうぶだって！　いなりのほとんどは、どくしんきぞくだから！」

「微妙な慰め、ありがとうございます」

「じゃあ、玉響さんみたいに結婚するのは珍しいのか？」

涼聖が秋の波に問う。

「おんなのいなりじたいがすくないいんだよなー。なんでかわかんないけど、いなりみまんっていうかんじのがほとんどっぽい。だからひつぜん、おとこのいなりはあまりがちっていうか」

「だから、玉響殿が結婚なさった時は稲荷の大半が涙にくれたんですよ。お相手が普通の狐でしたし」

伽羅が説明する。

「ははさまは、ととさまにひとめぼれしたらしい。ととさまは、あるひいきなり、きゅうびのいなりにおいかけられて、めっちゃこわかったっていってた」

なんとなくその光景が目に浮かんで、笑っていいのかどうか、悩む。

「この上ない幸運ではあるが、確かに普通の狐であれば、稲荷の前に立つだけで緊張する様子だからな。その相手が九尾ともなれば……」

琥珀の言葉に、秋の波は頷く。

「うん。ととさま、よくははさまをうけいれたとおもう。そういうみで、ととさまは、すごいきつねさんだったたとおもうんだよね」

「確かに……」

全員が納得したあと、

「そういう意味じゃ陽もすごいな。月草さんを前にしても動じないもんな」

涼聖は言うが、陽はその言葉の意味がよく分からなかった。しかし、

「つきくさささまは、いつもやさしいから、だいすき」

感じているそのままを言葉にする。

「兄者、今の音声、動画で録音できてます？」

「多分な」

小声で言い合うのは狛犬兄弟だ。

月草と玉響がガールズトークをしている間、阿雅多と淨吽は陽と秋の波の姿を動画と写真に収めるように厳命が下っていた。

「でも、子供の稲荷って、生まれてるんだろ？　結婚する稲荷が少ないのに子供が生まれてるってことは、陽みたいに先祖がえりとか、琥珀みたいな自然発生が多いのか？」

医者らしく、出生に関して疑問があるようで、涼聖は再び聞いた。

「女性は稲荷未満が多いって言ったじゃないですか。事実婚も含めてですけど、そういう方と添い遂げる方が多いですねー」

「あー、じゃあ稲荷同士ってことが珍しいのか」

「そうです。……あ！　涼聖殿も独身決定！」

独身仲間が新たにできて、伽羅は満面の笑みをたたえる。

「やばい……、伽羅の呪いが」

「まぁ、そう言わず、俺と独身生活楽しみましょうよー」

目をカシューナッツのようにして、涼聖に声をかける伽羅に、

「シゲルさんが独身なのは、おまえを勧請してるからじゃねぇのか？」

涼聖は疑惑の目を向ける。

「ちょ！　なんてこと言うんですかー！　俺はシゲルさんの願いをちゃんと叶えてますって。今の願いが『経営が順調で社員が毎日楽しく元気にしてくれますように』ってことと『応援してる、みゆかちゃんが笑顔で舞台に立てますように』ってことと『みゆかちゃんのライブをいい席で見ることができますように』って大体それが願い事の三本柱なだけで！」

「みゆかちゃんりつのたかさがすごい……」

妙なことに感心する秋の波の言葉に、耐えきれず、涼聖、琥珀、伽羅、阿雅多、淨吽は噴き出したのだった。


ボードゲームはいつのまにかさらっとシロが一番でゴールして、幕を閉じた。

結婚し、子供が三人、それなりの資産を貯めての完全優勝といってよかった。

二位になったのは伽羅で、資産は一番多かったが、

「独身で資産だけ多くてもなんか微妙ですよねー」

と、苦笑いしていた。

そのあと、いい時間になったので食事の準備が始まり、無論、今日も天気がいいため、外でピザを始めとした料理がふるまわれることになった。

もちろん、伽羅だけが作るわけではなく、涼聖も何品か作るのだが、当然リクエストの一つは卵焼きだ。

陽と秋の波は伽羅の手伝いで裏庭に出てきたが、特に何ができるというわけではないので、基本見学と応援だ。

実際の手伝いは阿雅多がこなし、浄吽は引き続き撮影係である。

「きゃらさん、きょうもピザつくる?」

わくわくした顔で作業台を陽と秋の波が覗きこむ。

「作りますよー。あとは、ドリアも作りますし、お魚も欲しいかなと思うんでアクアパッツァの準備もしてます」

「しらないりょうりいっぱい！　たのしみ！」

秋の波が興奮した様子で言う。

「楽しみにしててくださいねー」

言いながら伽羅は手際よく手を動かしていく。

しばらくの間、その様子を見ていた陽と秋の波だが、手伝えることがないので、

「ちょっとあそんでくるね！」

と早々に見学を離脱した。

そして縁側に上がると、月草と玉響がいる客間に向かった。

「ははさま、つきくさどの、おしゃべりしてる？」

秋の波の声にガールズトークを楽しんでいた二人は視線をそちらに向けた。

少し開いた障子戸の隙間から、秋の波と陽が顔を少し覗かせていたが、小さなシロは隙間から中に入ってしまえそうだった。

「三人とも、入っておいでなさいな」

玉響の言葉に秋の波が障子戸を開け、先に中に入る。陽はそのあとに続いて、障子戸を閉めてから、座卓の近くに歩み寄った。

「いま、きゃらどのとりょうせいどのがおひるごはんのじゅんびしてくれてる。ぴざとかつくってくれるんだって！」

秋の波の報告に、月草が微笑む。

「伽羅殿のピザはおいしゅうございましてなぁ……」

「そうなのですか。楽しみでございますなぁ」

玉響は言いながら自然な流れで秋の波を呼びよせ、膝の上に座らせる。その様子に、月草もそっと陽を見て手招きし、陽も秋の波と同じく月草の膝の上に座った。

シロは陽の肩にいたが、陽の手を伝って座卓の上に向かい、そこでちょこんと正座した。

「ふたりとも、なんのはなししてたの？」

秋の波が問うと、

「いろいろな話じゃ。わらわは近頃あまり人界に降りたことがないが、月草殿はよくおいでになるようで、いろいろなお店をご存じでなぁ」

玉響は言い、その後を継いで、

「服に、靴に、コスメに、スイーツ……、いろいろな話をしておったのじゃ。それで、今度、なるだけ近い時期に二人で靴を買いに行こうと。靴だけであれば、二時間もあれば充分ゆえ」

月草が言う。

「そうそう、ルブタンとかいう店の品がよいそうなのじゃ」

「あとは、陽殿や秋の波殿と一緒に行って楽しめる場所の話じゃな」

「秋の波、そなた確か行きたいところがあると言っておったと思うが……」

玉響に問われ、秋の波は目を輝かせて即答した。

「うさみーらんど！」

「そうじゃそうじゃ、そのような名前の場所じゃったなぁ」

玉響が目を細めて返す。

「はるちゃんから、うさみーらんどのしゃしん、いっぱいみせてもらって、すっごいたのしそうでいきたいなーって」

「ウサミーランド、すごくおもしろいよ！　あきのはちゃんもいっしょにいこ！」

陽が気軽に誘うが、秋の波は難しい顔をした。

「でも、まえにかげともにいったら、おれ、まだみみとしっぽ、しまえないからだめだって」

「なんじゃ、そのようなこと。わらわがいくらでも隠してやる」

玉響はそう言うと軽く秋の波の狐耳と尻尾に触れた。すると、ピン、と立っていた狐耳とふわふわと背後で揺れていた尻尾が消え、耳は人間と同じ耳になっていた。

「わ！　ははさますごい！」

「これであれば、ウサミーランドにも行けるであろう？」

完全にウサミーランドに行く前提で話が進む。それに月草は、

「ウサミーランドに行くのであれば、泊まったほうがよいと思いまする。先だって、ウサミーシーなる新しい施設が隣にできたそうでなぁ……。一日目はランド、二日目はシーに、というような遊び方をするのがいいそうじゃ」

陽と出かけるためのリサーチは常に浄吽により最新情報に更新されており、月草にも報告済み

だった。

「シー？　ってなにがあるの？」

陽が首を傾げる。

「海辺のアトラクションのようじゃなぁ。船があったりするそうじゃ」

「ふね！」

「うみ！」

陽と秋の波は歓声をあげるが、

「でも、ははさま、やすみとれるのか？　いそがしいのに、むりしなくてもいいんだぞ？」

すぐに秋の波は忙しい玉響のことを思いやる。

「大丈夫じゃ。前に秋の波が子供であった頃は、あまりそばにいることができなかったゆえ、此度はできるだけそばにいると決めたのじゃ」

「でも、しごと……」

「秋の波が心配せずともよい。何も仕事の手を抜くわけでなし。それに、わらわが休まねば、他の者も休みを取りづらいであろう？」

福利厚生というやつじゃ、と玉響は笑う。

それに秋の波は安心したような顔になった。

「ほほ、秋の波殿は優しいお方じゃなぁ」

月草が目を細める。褒められた秋の波は照れたように笑って、

「シロちゃんも、いっしょにいくよな？」

と、シロを誘った。だが、それにシロは困ったような顔を見せる。

「われは、ざしきわらしですから、このいえからはあまりはなれられぬのです」

「え！　そうなのか？」

「はい。まちの、ファミリーレストランまではだいじょうぶだったのですが、それはおそらく、われのしそんであるりょうせいどのが、いっしょだったからだとおもいますし」

少しショボンとした様子だが、シロは自分の性質を受け入れているように見えた。

だが、納得できないのは秋の波のほうだ。

「えー！　シロちゃんもいっしょのほうが、ぜったいたのしいのに。りょうせいどのがいっしょなら、だいじょうぶかもなんだろ？　りょうせいどのがいけたら、シロちゃんもいっしょにいこうよ！」

「おきもちだけいただいておきます。……われはちいさいので、アトラクションにのったら、ふうあつでどこかにとんでいってしまうやもしれませんゆえ……」

しかも、気配が薄いので、はぐれたら気づいてもらえないかもしれない。

気づかれないまま、涼聖と離れたら多分、アウトだ。

「ざんねんー！　でも、いつかいけるようになったら、いっしょにいこうな！　おれ、おみやげ

いっぱいかってくるから！」

「ボクもおみやげいっぱいかってくるね！」

もう既にウサミーランドに行くことは決定事項のようだ。

「すぐに、一番効率のよい回り方を調べねばならぬなぁ」

「そういうところには、どのような服を着て行けばよいのか……」

「行くまでにまだまだ間がありますゆえ、服もそれまでに買いに出かけましょう」

月草と玉響も、既に行く気満々で、後々、浄吽がホテルの手配からなにからすべてを任される
ことになるのは想像に難くなかった。

こうして、ウサミーランド&シーの一泊旅行が決定した頃、

「そろそろ昼飯だぞー」

障子戸の向こうから涼聖の声がした。

「おひるごはんだ！　つきくささま、いこ！」

陽は元気に言って、机の上のシロを手のひらに乗せてから立ち上がると、月草の手を取った。

秋の波も同じく立ち上がり、玉響の手を引っ張って急かす。

「「ごはん！　ごはん！」」

陽、秋の波、シロがごはんコールをしながら部屋の外に出てくると、庭には、涼聖や伽羅たち
によって簡易テーブルとイスが準備され、ちょっとした野外パーティーの様相を呈していた。

「うわぁ……すごい…」

テーブルの上には伽羅の作ったピザがまず二種類、涼聖の作った卵焼きが三皿分、場所を変えておいてあり、具だくさんの味噌汁も準備されていた。

「ドリアは今、釜の中ですけど、すぐにできますし、アクアパッツァもすぐですからねー。足りなかったらピザ、追加で焼きますから」

伽羅が説明する中、人の姿になった龍神が二枚のピザをカットしていく。

「りゅうじんどののピザカットのうでまえは、すでにプロですね」

きっちり等分に切り分けている龍神を見て、シロが感嘆する。

「どれを取っても不公平なくせねば、諍いの元だからな」

龍神はドヤ顔で言うが、単純に自分が小さいのにあたると嫌だし、かといって大きいのを取れば「こいつ大きいのを取るために自分のだけ大きく切りやがった」などと思われるのも嫌だから、腕を磨いた、というのが正しいだろう。

そして、腕を磨けるほど、伽羅がピザを作ってきたということでもあるのだが。

ピザなどがそれぞれの皿に取り分けられ、

「じゃあ、そろそろ始めるか」

という涼聖の音頭で昼食が始まる。

涼聖の卵焼きも、伽羅のピザも、いつも通りの大好評で、涼聖は追加で卵焼きをもう一度作りに行き、伽羅もピザをさらに二枚追加で焼いた。

ドリアもアクアパッツァも、味噌汁も、すべてが綺麗に平らげられても、話題が尽きることはなく、そのままお茶会に突入する始末だ。

もっとも、そのお茶会の途中で秋の波が居眠りをしだし――おなかがいっぱいで、暖かな日差しを受けていれば眠気が襲ってくるのは当たり前だが、丁度秋の波のいつもの昼寝の時間でもあった――秋の波は陽の部屋で昼寝をすることになり、陽とシロも秋の波に付き合って昼寝をすることになった。

眠気に負けてうまく歩くこともできない秋の波は、阿雅多に抱きあげられて運ばれる。陽はそんな秋の波の様子を「かわいい」とでも言いたげな様子で見上げながら、阿雅多に並んで部屋へと向かった。

「「ほんに愛らしいなぁ……」」

月草と玉響は同時にハモり、そのことに二人は密やかに笑いあうのだった。


月草と玉響のガールズトークは止まるところを知らず、むしろ昼食後から加速した。

理由は、月草が浄吽から借りたタブレットだ。

例の「ウサミーランド&シー旅行計画」について、ウサミーランドがどんなところか分かっていない玉響にプレゼンする形で月草がいろいろなサイトを見せて紹介していき、泊まるホテルはどこがいいか、泊まるならやはりスイートだろう、などいろいろと妄想を繰り広げた。

ガールズトークが止まらなければ、必然、帰る時間も大幅にオーバーすることとなり、夕食のあと、辞するということになっていた玉響だが、香坂家に泊まることにした。

二人の盛り上がり方から、琥珀、涼聖、伽羅の三人は多分そうなるんじゃないかなーと予想していたので、別宮の了解が取れればいいですよ、と言ったところ、玉響は了解を取り付けてきた。

多分、わりと結構強引な手で。

そう思うのは、秋の波が「ほんとうに、ははさまいいのか？」と聞いたところ、驚くほど満面の笑みで「よいのじゃ。今から帰ったわらわに押し付けたい仕事でもない限りは、明日の朝一番で戻っても同じことゆえなぁ」とチクリと嫌味らしきものを交えて言ったからである。

――さすが別宮の長……。

琥珀たち三人は、奇妙な感心をするのだった。

こうしてお泊まりの決まった玉響と秋の波は、客間ではなく、月草と同じく陽の部屋に二つ布団を敷き、そこに仲よく並んで眠ることになった。

「このような機会はこれまでなかったゆえ、新鮮じゃなぁ……」

絵本の一冊目で寝落ちした陽と秋の波の寝顔を見つめながら玉響が呟く。

「わらわもじゃ……。このように親しくどなたかと話をしながら床につくなどなかったこと。

……本音を申し上げれば、何度かの文で玉響殿の人となりの一端は存じ上げているつもりでしたが、実際にお会いするとまた違うのやもしれぬと、不安だったのです。……それは玉響殿も同じかとは思いまするが」

「そうでございますな……。女性同士の付き合いとは難しいものと心得ておりまする」

玉響の返事は、これまでに何事かあったことを匂わせるもので、それは月草にしても同じなので深く頷く。

「ですが、月草殿とはお会いしてますます仲ようなれそうじゃと思うておりまする。月草殿がどのようにお思いかは分かりませぬが」

玉響の言葉に月草は微笑んだ。

「わらわも同じように思っておりまする。そうでなければ『しょっぴんぐ』にお誘いしたりはいたしませぬよ」

それに二人は、ふふ、と笑いあい、

「よい友達になれそうでございますな」

「ほんに」

穏やかに言葉を交わして、眠りについたのだった。

おわり

あとがき

　こんにちは。年々、一年の過ぎゆくスピードが上がっている気がする松《まつ》幸《ゆき》かほです。間違いなく、私が小学校の頃より、地球の自転速度と公転速度は上がってると思う（ないない）。

　さて！　狐の婿取りでございます。もう、八冊目なんですね（数え間違いをしていなければ……）。これもすべて、読んで下さる皆様と、常に麗しい挿絵を描いて下さる、みずかねりょう先生のおかげです。

　今回も表紙からドラマティックで素敵で‼　バタバタと悶えることしかできない私がここにいます。みずかね先生、本当にありがとうございます。今回は本当に…原稿UPが遅くて、ご迷惑をおかけして本当にすみませんでした。本気土下座の気持ちです…もう、本当に……。

　という感じに、多大な迷惑をかけつつの今回は、なんと、陽《はる》ちゃんが大ピンチ。琥珀《こはく》様がピンチなことは過去にもありましたが、今回は陽ちゃんです。可愛さでこの難局を乗り切れるか！　みたいな感じです。

　SSの方では、あの方とあの方が初対面。もっとキャッキャさせたかったなぁ、と思いつつ……でもいろいろ満足です。

　あまりあとがきでネタバレするのもどうかと思うので（あとがきから読

んでくださってる方が割といらっしゃるそうなので)、本編の内容についてはこの程度にしておいて、少しだけ松幸の近況を……。

地味に部屋の片付けをはじめました。本当に地味になのですが、千里の道も一歩から、というわけで、一年かけて部屋の獣道を撲滅できればいいなと思います。

でも、人形は増えました。リカちゃん五十周年で復刻された初代リカちゃんです。物凄い行列に並んで、売りきれないか、ドキドキしながらだったので、本当に嬉しいです。まあ、増えた人形はリカちゃんだけじゃないんですけどね(爆)。仕方ないのじゃ、愛らしかったのじゃ!　と月草様口調で開き直ってみます。

そんなこんなで部屋が片付くのかどうか、雲行きが早速怪しい松幸ですが、片付けだけではなく、お仕事も、少しでも皆様に楽しんでいただけるものを書けるように頑張りますので、これからもどうかよろしくお願いします。

二〇一七年　湯たんぽ導入寸前の十一月上旬

松幸かほ

CROSS NOVELS既刊好評発売中

新米パパ「代行」は、もう大変!?

狐の婿取り-イケメン稲荷、はじめて子育て-

松幸かほ Illust みずかねりょう

「可愛すぎて、叱れない……」

人界での任務を終え本宮に戻った七尾の稲荷・影燈。報告のため、長である白狐の許に向かった彼の前に、ギャン泣きする幼狐が??

それは、かつての幼馴染み・秋の波だった。彼が何故こんな姿に……

状況が把握できないまま、影燈は育児担当に任命されてしまう!?

結婚・育児経験もちろんナシ。初めてづくしの新米パパ影燈は、秋の波の「夜泣き」攻撃に耐えられるのか!?

『狐の婿取り』シリーズ・子育て編♡

CROSS NOVELS既刊好評発売中

どんな時も、一緒に生きていこう

狐の婿取り-神様、決断するの巻-

松幸かほ

Illust みずかねりょう

狐神の琥珀は、チビ狐・陽と本宮から戻り、医師の涼聖と三人で平穏な暮らしを再開……と思いきや、空から手負いの黒狐が降ってきた!?

その正体は伽羅の師匠・黒曜だった。

黒曜は各地で野狐化している稲荷の調査に出ていたという。

そして、琥珀の旧友も同じく野狐となっていた。

彼を助けるために、再び琥珀達が立ち上がることに。

命懸けの任務に、琥珀と涼聖は別離も覚悟し――。

緊張の本編&萌え全開な短編2本を収録♪

CROSS NOVELSをお買い上げいただき
ありがとうございます。
この本を読んだご意見・ご感想をお寄せください。
〒110-8625
東京都台東区東上野2-8-7　笠倉出版社
CROSS NOVELS 編集部
「松幸かほ先生」係／「みずかねりょう先生」係

CROSS NOVELS

狐の婿取り—神様、さらわれるの巻—

著者

松幸かほ

©Kaho Matsuyuki

2017年12月23日　初版発行　検印廃止

発行者　笠倉伸夫
発行所　株式会社　笠倉出版社
〒110-8625　東京都台東区東上野2-8-7　笠倉ビル
[営業]TEL　0120-984-164
FAX　03-4355-1109
[編集]TEL　03-4355-1103
FAX　03-5846-3493
http://www.kasakura.co.jp/
振替口座　00130-9-75686
印刷　株式会社　光邦
装丁　磯部亜希
ISBN　978-4-7730-8866-3
Printed in Japan

乱丁・落丁の場合は当社にてお取り替えいたします。
この物語はフィクションであり、
実在の人物・事件・団体とは一切関係ありません。